Und plötzlich steht dein Leben auf null

Karolin Kolbe wurde 1993 in Kassel geboren und zog 2013 für ein Freiwilliges Ökologisches Jahr nach Berlin. Hier studierte sie Literatur- und Filmwissenschaft. Im Jahr 2017 erkrankte sie selbst an Krebs und verbrachte ein Jahr viel Zeit im Krankenhaus. Die Autorin wohnt in einer großen WG mit Katze und Garten und trifft in ihrer Freizeit am liebsten tolle Menschen, liest und schreibt Bücher und mag Sport.

Von Karolin Kolbe ebenfalls bei Planet! erschienen:

17 Briefe oder der Tag, an dem ich verschwinden wollte

School's out
Jetzt fängt das Leben an

Karolin Kolbe

Und plötzlich steht dein Leben auf null

PLANET!

*Einige medizinische Details stimmen in dieser Geschichte sicherlich nicht. Was aber stimmt, ist, dass der große Rückhalt, den Sina, Ella und Luise erfahren, nicht annährend so groß ist, wie der, den ich selbst von meiner Familie, meinen Freund*innen, meinem Partner und meiner WG bekommen habe, als ich mit gerade vierundzwanzig selbst eine Krebsdiagnose erhielt. Eine größere Unterstützung als die von Elke, Klaus, Christoph, Florian, Insa, Manon, Lena, Suse, Miri, Bastie, Rebecca, Nathalie, Jonas, Annika, meiner ganzen großen Familie und noch so vielen Freund*innen, kann ich mir gar nicht vorstellen.*

Februar

Ella

Das ist er also, mein neunzehnter Geburtstag. Ich schließe die Augen und halte mein Gesicht in die warme Februarsonne. Was für ein Glück wir mit dem Wetter haben, wer kann zu dieser Jahreszeit schon Geburtstag auf der Dachterrasse feiern? Dicke Jacken tragen wir natürlich trotzdem. Alle sind hier, alle Kinder, Hatice, Sven, meine WG, meine Eltern, sogar Sonja ist kurz hochgekommen.

Jakob pustet noch ein paar letzte Luftballons auf und kommt dann zu mir, legt einen Arm um meine Schultern und drückt mich an sich.

»Es ist schön geworden, oder?«, fragt er und sein dunkles Haar weht im Wind.

Ich lächle ihn an und kneife die Augen im grellen Licht der Sonne zusammen. »Superschön.«

Aufgeregt stehen Luise und Sina vor dem riesigen Kuchenbüffet, das sie auf einem Klapptisch aufgebaut haben.

»Wenn es zu kalt wird, gehen wir einfach rein«, erklärt Sina und hält mir ein großes Messer hin. »Du darfst gleich anschneiden!«

»Ihr seid so verrückt«, murmle ich und bin ganz gerührt. Es gibt fünf große Kuchen: Apfel, Schoko, Kirsche, Nuss und Marmor, einer von Sina, einer von Ayla, einer von meinem Papa und einer von Jakob.

»Und von wem ist der?«, frage ich und deute auf den Marmorkuchen.

Hatice kommt näher. »Der ist von mir. Alles Gute, Ella«, sagt sie und drückt mich an ihren weißen Schwesternanzug. Sie sieht mich aus dunklen Augen an. »Besonders Gesundheit. Das wünschen wir dir alle am meisten.«

Ich schlucke. »Ich mir auch.«

»Dann puste doch endlich die Kerzen aus!«, ruft Sina aufgeregt und rückt ihre Mütze zurecht. »Sonst erledigt das der Wind für dich und der muss sich ja wirklich nichts wünschen.«

»Außerdem will ich Kuchen«, verlangt ein kleiner Junge, der im Rollstuhl neben dem Büfett sitzt. Auch die anderen klatschen jetzt, um mich zum Ausblasen zu animieren.

Ich gebe Sina das Messer zurück, humple auf meinen Gehstützen noch näher und Jakob schiebt den quietschenden Infusionsständer hinter mir her. Bislang läuft nur Wasser.

Ich hole tief Luft und puste die neunzehn Kerzen auf dem Apfelkuchen mit einem Mal aus. Dann kneife ich die Augen zusammen, kurz ist es still, bis der Rauch Richtung blauen Himmel verflogen ist. Es wissen eh alle, was ich mir gewünscht habe.

Jetzt brechen sie in Jubel aus, und plötzlich steht Frau Dr. Fenn neben mir. Sie ist zwar nicht meine Ärztin, sondern die von Luise und Sina, aber trotzdem ist sie mir in den vergangenen Monaten ans Herz gewachsen.

»Alles Gute«, sagt sie und schüttelt mir die Hand. Sie

sieht fast ein bisschen gerührt aus. »Das ist schon eine besondere Geburtstagsparty hier, weißt du? Das haben wir auf der Station nicht so oft.«

»Sina und Luise haben alles organisiert«, erkläre ich. »Ich wusste von nichts, bis sie mich eben auf die Dachterrasse gebracht haben.«

Frau Dr. Fenn nickt den beiden zu. »Ich weiß. Ihr seid wirklich gute Freundinnen, ihr drei.«

Sina hebt den Daumen, aber Luise hört es nicht, sie steht am Geländer, hat die Mütze vom Kopf gezogen und blickt die fünf Stockwerke nach unten. Eine lange Narbe glänzt an ihrem Hinterkopf. Diese Stelle ist noch immer kahl, aber weiter vorne wächst bereits ein feiner rötlicher Haarflaum. Ich betrachte die Narbe zum ersten Mal ganz genau, doch Sina knufft mich in die Seite.

Sie erledigt das mit dem Anschneiden dann doch selbst und tut mir von jedem Kuchen ein kleines Stück auf. Entschlossen drückt sie mir den überfüllten Teller in die Hand. »Hier, du musst alle probieren. Morgen ist dir eh wieder schlecht, also nutz die Chance!«

Sie hat recht, deshalb fange ich direkt an zu essen. Meine Eltern unterhalten sich jetzt mit Pfleger Sven, Hatice geht wieder rein, sie muss sich um die kleinen Patienten kümmern, und auch Frau Dr. Fenn verabschiedet sich. Alle Kinder, die fit sind, stehen jetzt auch mit Kuchen in der Hand herum. Später wollen wir noch mal über die Station gehen und die Leute in den Zimmern fragen, ob sie auch etwas davon haben möchten.

Es ist der verrückteste Geburtstag, den ich je hatte. Im Angesicht von Angst, Tod und Verlust feiern wir, dass ich neunzehn Jahre alt geworden bin. Hoffentlich nicht mein letzter Geburtstag. Nächsten Monat werden wir mehr wissen, doch schnell verdränge ich den Gedanken.

Meine Eltern kommen rüber und nehmen mich ganz fest in den Arm.

»Alles wird gut«, murmelt mein Vater. Das sagt er öfter.

Wir sind noch etwa eine Viertelstunde draußen, dann ruft Sina: »Brr, mir wird kalt, lasst uns reingehen.«

Meine Eltern balancieren den vollen Tisch durch den Pflegestützpunkt auf den Flur bis in den Gemeinschaftsraum. Jakob schnappt sich die Ballons, und Svea hat die Porzellanteller vorsichtshalber vom Büfett genommen und trägt sie hinterher.

Nach zwei Minuten ist nicht mehr zu erkennen, dass wir gerade hier draußen waren und gefeiert haben, die ganze Kinderonkologie an einem sonnigen Tag im Februar.

August, sechs Monate zuvor

Sina

Da ist er wieder, der fiese helle Fleck, der alles bedeuten kann. Ich kneife meine Augen zusammen und halte mir den Papierausdruck dicht vor die Augen. Graue Schlieren mit dunklen und hellen Schattierungen. Viele Male habe ich diese CT-Bilder schon gesehen, erkennen kann ich trotzdem nichts. Ich muss völlig darauf vertrauen, dass die mir gegenübersitzende Ärztin recht hat. Sie sieht mich ernst aus grünen Augen an.

Am liebsten würde ich von dem unbequemen Stuhl im fensterlosen Büro aufspringen und den Raum verlassen. Doch das geht nicht. Mama hält meine Hand so fest, dass ich mich nicht losreißen könnte, so schlapp wie ich gerade bin.

»Sina, ich wünschte, ich könnte dir etwas anderes sagen, aber leider hast du ein Rezidiv. Der Krebs ist zurück.«

Mein Blick verschwimmt, ich beginne heftig zu atmen, in meinen Ohren nur noch lautes Rauschen. Ich sehe die wie auf stumm gestellten Mundbewegungen der Ärztin, will etwas sagen, doch meine Kehle ist so trocken, dass nur ein heiseres Husten rauskommt. Dann steigen mir die Tränen in die Augen, eindeutig Wuttränen, ich kann das unterscheiden. Das habe ich gelernt. Instinktiv greife ich mir an den dicken Knubbel am Hals und ziehe meine Finger schnell wieder zurück. Meine Ohren beruhigen sich, ich kann wieder hören.

Mama neben mir schluchzt laut auf und krallt ihre Hand in meiner fest, sodass es wehtut. Geahnt haben wir es schon, doch jetzt ist daraus Gewissheit geworden.

»Hör auf«, fahre ich sie mit viel zu hoher Stimme an, und sie beginnt, noch lauter zu heulen. Das ist immer das Schlimmste daran. Meine leidenden Eltern.

Ich löse ihre Finger einzeln von meinen und starre die Ärztin böse an.

»Sina, willst du einen Moment rausgehen?«, fragt sie mit weichen Augen, doch ich schüttle den Kopf.

»Bloß nicht«, zische ich mit Blick auf meine zusammengesunkene Mutter und wische mir eine Träne aus dem Auge. Ich setze mich wieder und versuche, Mama zu ignorieren. Ich muss mich jetzt einfach durchbeißen.

»Was heißt das für mich?«, frage ich und ich klinge wieder erstaunlich gefasst, das höre ich selbst.

Meine neue Ärztin seufzt. *Dr. Lara Fenn* lese ich auf ihrem weißen Kittel. »Das heißt, dass wir über neue Chemotherapien reden müssen. Und zwar möglichst bald.«

Ich starre in die helle Schreibtischlampe, bis vor meinen Augen blaue Flecken tanzen. »Okay«, sage ich.

Ein Jahr ging alles gut. Und jetzt das.

Wir verbringen noch eine weitere Stunde bei der Ärztin im Sprechzimmer.

Meine Mutter ist irgendwann so weit, sich wieder in das

Gespräch einzuklinken. Immerhin bin ich erst vierzehn und kann das nicht allein regeln.

Ein Jahr lang dachte ich, der Horror sei vorbei. Eine neue Schule, eine Klasse wiederholen, aber immerhin zurück ins normale Leben. Meine blonden Haare reichen mir inzwischen bis auf die Ohren und ich kann sie schon fast zu einem Zopf binden.

Die Worte der Ärztin strömen an mir vorbei, ich fühle mich wie in einem übertrieben dramatischen Film. Warum schon wieder ich?

Alles, was ich verstehe, ist, dass wir eine andere Therapie ausprobieren werden als das letzte Mal. Ich bin ein Sonderfall. Ein ungewöhnliches Lymphom, das normalerweise typisch für alte Leute ist. Schon bei der ersten Diagnose waren alle überfordert. Immerhin ist dieses Krankenhaus größer als das letzte und sie hatten schon ähnliche Fälle wie meinen.

Wir verabschieden uns. Frau Fenn sieht mir mit festem Blick ins Gesicht und nickt mir aufmunternd zu. Ihr Lid zuckt. Sie ist kaum größer als ich.

Obwohl ich mich schlapp fühle und allein das Blut schon gezeigt hat, dass mein Tumormarker wieder ordentlich gestiegen ist, steuere ich mit verkniffenem Gesicht auf die Krankenhaus-Cafeteria zu. Meine Schritte hallen auf dem glatten Marmorboden. Draußen scheint die Sonne voll böser Ironie. Meine Mutter trottet weinend hinter mir her.

Ich setze mich in der großen Halle an einen runden Tisch und warte, bis sie ebenfalls ankommt.

»Wir schaffen das noch mal«, sagt sie und blickt mich aus kleinen roten Augen an.

Ich zucke die Schultern. »*Wir* überhaupt nicht. Wenn dann *ich*.« Ich weiß, dass die Worte sie treffen und ich lege es darauf an. Weil ich in diesem Moment fies und gemein bin. Aber so ist es doch. Alle sagen *wir*, aber eigentlich geht es um *mich*, Sina, 14 Jahre alt, achte Klasse, Lymphom mit Rückfall.

Mama zückt ihr Handy. »Wir rufen jetzt Papa an«, entscheidet sie mit gepresster Stimme.

In der Cafeteria riecht es nach Pommes, die Patienten und ihre Gäste murmeln durcheinander, neben uns sitzt eine fröhliche Familie, die Tochter trägt einen Arm in Gips. Ich schaue mir diese glücklichen Leute an. Es ist, als würde ich durch ein Bilderbuch blättern. So viel Freude. Ich ertrage das nicht und schließe kurz die Augen. Die Worte meiner Mutter dringen zu mir durch.

»Ja, hat sich bestätigt … genau … nächste Woche wahrscheinlich … nein, ich kann nicht fahren. Wir kommen mit dem Zug und holen das Auto ein andermal ab … bis später.« Sie legt auf, strafft die Schultern und hat endlich aufgehört zu weinen. »Wir fahren heim und besprechen alles. Komm jetzt.«

Sie gefällt mir besser, wenn sie einfach die Entscheidungen trifft. Schließlich ist *sie* die Mutter, nicht ich.

Wir verbringen den Abend zu dritt. Auch Papa weint, aber nur kurz, dann wird er wieder pragmatisch und zückt seinen Terminkalender. Damit kann ich umgehen. Wir setzen uns um den niedrigen Wohnzimmertisch auf die weiße Couch und beginnen zu planen.

»Die Ärztin hat vorgeschlagen, dass die Therapie möglichst Anfang nächster Woche startet und der Lymphknoten vorher rauskommt. Sina muss stationär bleiben, mindestens eine Woche. Es gibt ein Gästehaus für Eltern. Eine Person sollte immer mitfahren.«

Ich höre nur zu. Meine Aufgabe ist mal wieder, alles auszuhalten. Um den Rest sollen sich die Erwachsenen kümmern. Auf meiner neuen Schule habe ich eh noch keine richtigen Freundinnen gefunden, da ist es auch nicht so schlimm, dass mein Krankenhaus etwa zwei Autostunden weit weg ist. Lisa, meine beste Freundin, macht ein Auslandsjahr in den USA. Ihr muss ich es sagen, sonst niemandem. Mit dem Turnen konnte ich in den letzten Monaten noch nicht wieder anfangen, weil ich zu schlapp war.

Ich spiele an den Bändern meiner gemütlichen Hose. Diese Hosen, denke ich, die werde ich jetzt wieder öfter anziehen. Eine einzelne Träne steigt mir ins linke Auge und ich zwinge mich, sie nicht wegzuwischen. Ansonsten werden meine Eltern darauf aufmerksam, die gerade heiß darüber diskutieren, wie sie meine Betreuung am besten aufteilen und wie sie das mit den Jobs klären. Ich streiche mir über mein nachgewachsenes Haar, das mir bald ausfallen wird. Nicht so schlimm, denke ich bitter. Alles nicht so schlimm.

Luise

Jakob zieht den Rollkoffer hinter sich her in das Doppelzimmer. Die Sonne scheint und weil die Kinderkrebsstation im vierten Stock liegt, ist es hier oben überall unerträglich heiß. Ich schwitze. Die Stelle unter meinem Schlüsselbein, wo gestern der Port eingesetzt wurde, schmerzt. Ein großes Pflaster klebt darüber. Hinter meinem Bruder mit dem Koffer laufen meine Eltern, und Mama beginnt, überschwänglich das Zimmer zu loben.

»Schau mal, Luise, was für eine schöne Aussicht du hast!« Sie tritt zum Fenster und schüttelt die roten Locken, tut so, als ginge es um einen Hotelbesuch und um eine besonders gelungene Ausstattung.

Aber ich sage nichts. Meine Eltern hatten es die letzten Wochen schwer genug.

Jakob grinst mich an. »Fensterseite«, sagt er und knufft mich.

»Au!«, rufe ich und boxe zurück.

»Jakob! Vorsicht!«, mahnt mein Vater. Seit der Krebsdiagnose vor einigen Wochen behandeln mich alle, als wäre ich aus Porzellan. Und seit vor zwei Wochen die erste Chemo lief, sowieso.

»Schon okay«, winke ich ab und lasse mich auf das Bett an der Fensterseite fallen. Sonne fällt in meine Augen und ich kneife sie rasch zusammen. Das andere Bett, auf der Seite mit den geschmacklos braunen Einbauschränken, ist im Moment weg. Meine Mitbewohnerin ist demnach irgendwo im Haus unterwegs. An den Fenstern kleben alte Window-Color-Bilder, wohl so fest, dass niemand sie jemals entfernen wird. Ein kläglicher Versuch, die Kinderstation bunt zu gestalten, aufgesetzte gute Laune auch an den Fensterscheiben.

Meine Eltern lassen sich auf den beiden Stühlen nieder, die um einen Tisch stehen.

Jakob fläzt sich zu mir aufs Bett. »Und jetzt?«, fragt er.

»Warten«, sage ich und streiche mir gedankenverloren durch die roten Locken. Einzelne Haare bleiben zwischen meinen Fingern hängen. Mein Haaransatz ist seit den ersten Chemo-Medikamenten ein Stück nach oben gerutscht. Schnell ziehe ich die Hand zurück.

Meine Mutter guckt sich verständnislos um. Sie war bei meiner ersten Chemo vor zwei Wochen nicht dabei, insgesamt sind mindestens sechs Chemo-Zyklen geplant. Jetzt bin ich erst beim zweiten.

Dass meine Eltern gemeinsam hier sind, an einem Ort, in einem Raum, ist ein Wunder. Seit der Trennung vor zwei Jahren vermeiden sie jede Begegnung. Und ausgerechnet jetzt hat sich herausgestellt, dass der angeblich gutartige Hirntumor in meinem Kopf bösartig war. Sie versuchen wirklich, sich zusammenzureißen, aber ich sehe, wie schwer es meinem Vater fällt, Mama in diesem Moment nicht zurechtzuweisen.

»Es dauert eine Weile, weil sie mir noch Blut abnehmen müssen, um verschiedene Werte zu checken.«

»Ah …«, sagt meine Mutter etwas verwundert.

»Weil die Therapien diese Organe belasten und die weißen Blutkörperchen wichtig für das Immunsystem sind«, fährt mein Vater dazwischen und schiebt seine Brille nervös nach oben. Er hat sich gut eingelesen.

»Und sogar wenn die Werte da sind, dann muss die Therapie frisch herbestellt werden und letztes Mal waren es drei Tage, bis es hier überhaupt losging.«

»Ach ja.« Sie nickt und zieht die blasse Stirn kraus. »Das hat gedauert, bis du den Termin hattest, richtig.«

»Genau. Aber jetzt habe ich ja den Port«, ich deute auf das Pflaster unter meinem Schlüsselbein, »der sitzt unter der Haut und ab sofort bekomme ich die Therapie immer darüber.«

Mutter aufgeklärt, alle sind jetzt auf demselben Stand.

Jakob nickt bekräftigend. Er ist zwei Jahre älter als ich, und als nach der OP vor wenigen Wochen bei der Biopsie rauskam, dass es entgegen der Erwartungen ein bösartiger Tumor ist, hat er sich durch das ganze Internet gegoogelt, um mir zu helfen. Krebsdiagnose mit sechzehn. So habe ich mir mein Teenagerleben bestimmt nicht vorgestellt.

Ich selbst verbiete mir Google. Ich will keine Prognosen und Chancen sehen. Die Ärztin hat mir gesagt, dass ich gute Chancen habe, auch wenn mein Alter für diesen Hirntumor ungewöhnlich ist. Die meisten anderen Patienten sind deutlich jünger. Diese Infos reichen mir. Jakob erzählt mir nichts von seinen Google-Ergebnissen, sondern nur, was gegen Übelkeit besser helfen kann und wie ich meine Mundschleimhaut pflegen soll, damit sie durch die Medikamente nicht kaputt geht.

Ich stehe wieder vom Bett auf und beginne, meinen Koffer auszupacken.

Sofort drängt sich Mama dazwischen und will das übernehmen.

»Christiane!«, zischt mein Vater. »Lass sie …«

»Aber hör mal …«, beginnt sie, doch Jakob ist es, der dazwischengeht.

»Alle beide, stopp jetzt!« Sein Ton ist durchdringend. »Gebt euch Mühe!« Er funkelt sie aus seinen dunklen Augen böse an.

Schuldbewusst blicken sich meine Eltern kurz ins Gesicht. Sie wollen das nicht, aber immer wieder geraten sie in Streit.

In dem Moment kommt zum Glück eine Schwester rein, die ich noch nicht kenne.

»Hallo, Luise«, begrüßt sie mich und zwinkert mir zu. »Ich bin Hatice und ich bin bis heute Abend da. Brauchst du etwas?« Sie stellt eine Mundspülung auf den kleinen Tisch.

»Nee, danke«, sage ich. »Wann starten wir denn?«

Hatice seufzt. »Im Moment ist viel los auf der Station, und Frau Dr. Fenn sitzt unten in der Ambulanz. Der Port sollte besser von einer Ärztin angestochen werden.«

Das klingt tatsächlich nach Warten. Vielleicht geht es wieder erst morgen los.

»Kann ich mich denn unten in die Ambulanz setzen und den Port anstechen lassen?«

Meine Eltern starren mich an. »Schatz, willst du es nicht etwas ruhiger …« Meine Mutter beendet den Satz nicht.

»Ich bin doch fit. Wenn es schneller geht, setze ich mich in die Ambulanz, Frau Fenn soll die Portnadel reinstechen und dann geht es weiter mit Blut abnehmen und hoffentlich bald Chemo.«

Hatice lächelt und nickt meinen Eltern zu. »Sie hat es kapiert.«

»Dann geh ich runter. Ich werde die nächsten Tage eh so viel an Schläuchen hängen, noch kann ich selbst rumlaufen.«

Meine Mutter seufzt, mein Vater schaut sie böse an, und Jakob rollt mit den Augen. Und dann trotten alle drei hinter mir her zum Aufzug.

Ella

Ich habe es noch immer nicht geschafft aufzustehen. Leute verschiedenen Alters hetzten an mir vorbei oder humpeln, Ärztinnen in Kitteln und Pfleger in blauen Anzügen. Die Luft hier im Flur ist schlecht, zum Schneiden dick, aber jetzt weiterzugehen würde alles nur real machen. Ich habe meinen dunkelbraunen Zopf geöffnet, damit ich mein Gesicht hinter dem langen Haar verstecken kann.

Eben habe ich meine Onkologin Frau Dr. Kowalski kennengelernt. Groß, blonde Haare, ruhig und nicht sehr alt. Sie wirkt kompetent auf mich, auf jeden Fall im Gegensatz zu dem Chirurgen, der mir gestern die Nachricht verkündet hat.

»Werfen Sie die Flinte nicht ins Korn, Frau Bauer, das kann schon wieder werden. Achtzig Prozent in Ihrem Alter schaffen es.«

Seitdem geistert die Zahl durch meinen Kopf. Zwanzig Prozent schaffen es nicht. Was, wenn ich zu diesen zwanzig Prozent gehöre?

Die Onkologin im fensterlosen Sprechzimmer hat nicht über Zahlen gesprochen, sondern über Therapien. Die Wachstumsquote ist nicht sehr hoch und wir müssen erst in zwei, drei Wochen starten. Sie hat mir einen Termin im Kinderwunschzentrum gemacht, ich soll Eizellen einfrieren. Chemotherapie macht oft unfruchtbar. Das wusste ich nicht. Morgen gehe ich hin, in diese besondere Klinik.

Ich schließe meine Augen und höre zwei Ärzte im Gespräch an mir vorbeihetzen. »Leukozyten niedrig … halbe Dosis … bald …«

Mein Knie pikt, aber der Schmerz, den ich vor zwei Wochen hatte, der ist weg. Meine Lider sind so schwer, ich kann meine Augen nicht öffnen. Ich muss meinen Eltern Bescheid geben und meinen Freundinnen, ich muss die Uni informieren und meinen Job kündigen. Nur meine WG weiß bisher, dass mein plötzlicher Knieschmerz keine Sportverletzung war, sondern ein richtig großer Tumor im Knie, im Knochen. Alles geht so schnell. Schmerzen, MRT, Biopsie, immer wieder die Versicherung, dass es bestimmt etwas Gutartiges ist, weil ich doch erst achtzehn bin, viel zu jung für Krebs. Jetzt weiß ich, dass niemand zu jung ist für Krebs. Krebs macht keinen Unterschied und Krebs fragt nicht.

Die Metallbank, auf der ich sitze, sinkt ein bisschen ein. Ich höre Kleidung rascheln. Mit Mühe mache ich die Augen auf und blicke in das schmale Gesicht eines Mädchens. Rote Locken, allerdings ein unnatürlich weit hochgerutschter Haaransatz, eine dünne Mütze auf dem Kopf, blasse Haut, blaue Augen. Sie lächelt mich etwas schräg an.

Schnell schiebe ich meine Haare zur Seite und versuche, ebenfalls freundlich zu gucken, schaue dann doch schnell wieder geradeaus. Unter ihrem Schlüsselbein klebt ein großes Pflaster.

Ob das dieser Port ist, den ich auch noch bekomme?

Ich muss sie ganz schön angestarrt haben, denn sie richtet ihren Blick wieder auf mich und hält mir ihre schmale Hand hin.

»Luise«, sagt sie.

»Ella«, entgegne ich mit kratziger Stimme.

»Wartest du auch?«, fragt sie mich und streicht beiläufig die roten Locken hinter die Schultern.

»Nee, ich war schon. Und du?«

»Ich bin eigentlich gerade stationär da, aber ich dachte, dass es hier unten schneller geht mit dem Port.«

Ich nicke wissend, doch eigentlich habe ich keine Ahnung, wovon sie spricht.

»Bist du auch auf der Kinderonkologie?«, fragt mich Luise dann im Plauderton, als wäre es das Normalste auf der Welt.

»Nee, ich bin achtzehn«, sage ich. »Leider.«

»Ah«, sie nickt. »Okay, ich bin sechzehn, aber noch nicht so lange. Deshalb bin ich noch bei den Kindern.«

Wir schweigen wieder kurz.

»Wie fühlt sich denn so eine Chemotherapie an?«, frage ich dann vorsichtig.

»Ich hatte erst eine, die Diagnose des bösartigen Hirntumors ist bei mir noch ganz frisch … Aber fühlt sich nicht schön an, die Chemo«, entgegnet sie. »Mir war ziemlich übel und ich war schlapp, aber nach ein paar Tagen ging es auch wieder.«

»Okay.« Ich habe Angst vor den Nebenwirkungen und

ich habe Angst, auf der Erwachsenenstation immer die einzige junge Frau zu sein.

»Bist du ab jetzt öfter hier?«, fragt mich Luise und fährt sich durchs Haar. Eine lange rote Strähne bleibt zwischen ihren Fingern hängen. »Oh Mist!« Sie zieht die Augenbrauen zusammen. »Die Haare fallen ganz schön aus seit gestern. Auf den Tag genau zwei Wochen nach der ersten Chemo.« Sie seufzt. »Schade, meine Haare mochte ich immer besonders gerne.«

Ich schaue auf die dunkelbraunen Strähnen, die auf meiner Schulter liegen. »Da habe ich auch Schiss vor. Meine Haare waren noch nie so lang wie im Moment. Aber ja, ich werde demnächst wohl öfter hier sein.«

Luise zückt ihr Handy. »Was hältst du davon, wenn wir Nummern austauschen? Vielleicht sehen wir uns ja mal, wenn wir eh beide hier rumhängen.«

»Klar!«, freue ich mich und hole ebenfalls mein Smartphone raus. Luise diktiert mir ihre Nummer und ich klingle sie an.

»Super.« Sie lächelt.

Dann kommen plötzlich drei Leute in den tristen Flur und blicken sich etwas orientierungslos um. Ein Junge, vielleicht so alt wie ich, zeigt auf uns. »Da ist sie!«

Ich denke erst, er meint mich, und ich zucke zusammen, doch sie gehören zu Luise. Die hat den Schritt mit der Familie also schon hinter sich. Die Eltern nicken mir flüchtig zu, doch der Junge reicht mir seine warme Hand.

»Jakob«, sagt er und lächelt. Er hat dunkle Augen, dunkelbraunes Haar und das gleiche schmale Gesicht wie Luise. Bestimmt ihr Bruder.

Jetzt wird es voll im Gang und die anderen wollen sich setzen. Ich erhebe mich ächzend und greife meine Gehstützen. »Ich muss dann mal«, sage ich.

»Melde dich, wenn du wieder hier bist!«, ruft Luise mir ermutigend hinterher.

Ich humple durch zwei weitere fensterlose Gänge zum Ausgang. Das rechte Knie pikst ein bisschen beim Laufen. Gruselig, dass ich den befallenen Knochen bei jedem Schritt spüren kann. Na gut, es ist die Knochenhaut. Wahrscheinlich habe ich den Krebs einfach Monate oder Jahre nicht bemerkt. Knochen haben keine Nerven, vielleicht hat der Schmerz mich gerettet.

Ich trete in die Sommersonne und atme tief durch. Sofort geht es mir besser, der Schwindel und das dumpfe Gefühl im Kopf werden weniger. Okay. Los. Nach Hause. Eltern anrufen. Und funktionieren.

Sina

»Und jetzt so doll pusten, wie du kannst!« Begeistert bläst die blonde Schwester ihre Backen auf und macht mir vor, wie ich in das Röhrchen pusten soll.

Unmotiviert sitze ich in einem Glaskasten und sie testen meine Lunge.

»Und los!«, ruft sie und ich blase hinein. Noch zwei Mal. Dann druckt sie etwas aus. »Ein bisschen weniger Kraft als vor anderthalb Jahren. Bring das bitte deinen Ärztinnen. Du hast zum zweiten Mal Krebs, ein Rückfall?«

Ich verdrehe die Augen und steige von dem kleinen Hocker. Ich hasse diese Fragen, bin aber zu schlapp für eine pampige Antwort und nicke nur.

»Willst du noch einen Keks?«, lenkt die Schwester schnell ab und hält mir einen Teller hin.

»Lebkuchen im Sommer?«, frage ich mit gerunzelter Stirn, aber ich nehme einen. Solange meine Mama das nicht sieht, ist alles gut. Ich schnappe mir einen zweiten und gehe grußlos aus der Tür. Da steht mein Bett. Ächzend krieche ich hinein, alles dreht sich. Meine Fassade kann ich nie lange aufrechthalten, dafür bin ich zu fertig. Ich schnappe mir mein Handy und schicke Lisa ein Selfie von meinem blassen Gesicht auf Krankenhausbettwäsche. Sie wird sich dann schon melden.

Beim Herzcheck war ich schon, immerhin: Mein Herz sieht gut aus. Auch den Hörtest hab ich hinter mir. Jetzt sind alle Voruntersuchungen erledigt, ehe es mal wieder losgehen kann.

Trotz des grellen Lichtes döse ich ein und träume von wirren Dingen.

Ich weiß nicht, wie lange ich schon unter der Decke liege, als mich die Stimme eines jungen Mannes weckt.

»Sina? Kinderonkologie?«

»Was?« Meine Augen brauchen einen Moment, um sich scharf zu stellen. Ein freundliches Gesicht hängt über mir. Einer vom Transport.

»Äh, ja …«, murmle ich und sofort geht es los. Hier läuft das anders mit dem Krankentransport. Mein altes Krankenhaus war klein, gemütlich, und es gab keine langen Wege. Und offenbar auch keine richtige Expertin für meinen Krebs. Das neue Krankenhaus ist riesengroß, grau, aber mit einem kleinen Garten. Die Wege sind so lang, dass ich immer im Bett geschoben werde. Es gibt eigenes Personal, das den ganzen Tag nur Betten hin- und herschiebt. Normalerweise würde ich mich weigern und selbst laufen, aber das geht im Moment nicht.

Ich döse schon wieder weg, das leichte Ruckeln beruhigt mich und wiegt mich in den Schlaf. Zumindest für diesen Moment.

Am Geruch von verkochten Kartoffeln wache ich auf. Schläfrig öffne ich die Lider. Ich bin wieder in meinem

Zimmer. Der gruselige Window-Color-Clown grinst mich an.

»Hey.«

Ich zucke zusammen und drehe schwerfällig den Kopf. Rechts neben mir auf dem Bett sitzt ein Mädchen, älter als ich, rote Locken, liebes Lächeln. Sie blättert in einer Zeitschrift und ist bereits an den Wasserbeutel angeschlossen. Noch hängt keine Chemo an ihrem Infusionsständer. Sie wird wohl noch gespült.

»Hmph«, grunze ich und will mich wegdrehen, doch das ist mir zu anstrengend.

»Ich bin Luise«, sagt sie und greift sich einen Teller vom Wagen neben ihrem Bett. Deshalb also der Kartoffelgeruch. Erst jetzt bemerke ich, dass auch neben mir ein Tablett steht.

Luises blaue Augen sind auf das dampfende Essen gerichtet. »Schnitzel!«, empört sie sich angewidert. »Ich habe doch gesagt, dass ich kein Fleisch esse.«

»Das klappt nie am ersten Tag«, entgegne ich mit kratziger Stimme und richte mich im Bett auf. Ich fasse mir an den schmerzenden Kopf, mein blondes Haar muss zu allen Seiten abstehen.

»Wenn du Glück hast, ab morgen. Heute Abend bekommst du ziemlich sicher Mortadella-Brote. Ist ja kein Hotel hier.«

Sie zuckt zusammen. »So war das auch nicht gemeint …«

Ich habe keine Energie, ihr jetzt auch noch die Krebs-Welt zu erklären. Sie ist garantiert Anfängerin, sitzt in

Jeans auf der weißen Bettwäsche. Niemand hier läuft in Jeans rum.

Schweigend schiebt sie sich ein paar von den mehligen Kartoffeln in den Mund.

»Hast du zum ersten Mal Krebs?«, hake ich ganz direkt nach.

Sie nickt mit vollem Mund. »Hirntumor. Bin aber schon operiert.« Dann sagen wir nichts mehr.

Ich hebe den Plastikdeckel über meinem Teller gar nicht erst hoch und schließe wieder die Augen. Alles dreht sich. Vielleicht kann ich sie einfach ignorieren. Doch die Ruhe wird wieder durch ein kurzes Klopfen unterbrochen.

Eine Schwester kommt rein. »Ah, Sina, du bist zurück!«, ruft sie, als würden wir uns kennen. »Ich bin Schwester Hatice und diese Woche fast jeden Tag im Früh- oder Spätdienst da.«

Ich nicke wortlos.

»Habt ihr euch schon kennengelernt?« Sie blickt zwischen Luise und mir hin und her.

»Ja«, erwidere ich knapp.

»Okay.« Hatice geht nun mit ihrem Klemmbrett rüber zu Luises Bett. »Luise, heute starten wir.«

Na toll. Auf eine kotzende, leidende Zimmerpartnerin habe ich eigentlich gar keine Lust. Hauptsache, schnell wieder nach Hause!

»Und ich?«, frage ich.

Hatice blättert durch die Zettel auf ihrem Brett und sagt dann: »Wir warten noch, bis die Befunde der Voruntersuchungen da sind, und heute Abend hängen wir dich ans Wasser. Morgen legen wir los.«

Zum Glück habe ich den Port noch unter der Haut. Damals war es eine größere Diskussion, welchen Zugang ich bekomme, und jetzt bin ich ganz froh, denn der Port ist auch nach Ende der letzten Therapie nicht entfernt worden.

Kaum ist Hatice raus, kommt Mama rein. Am liebsten hätte ich einfach meine Ruhe. Sie hat die erste Schicht im Gästehaus übernommen und musste heute Morgen noch mit ihrer Chefin etwas zu den kommenden Fehlzeiten klären. Sobald sie den Raum betreten hat, riecht es nach Parfum und Körperlotion. Zum Glück haben weder Luise noch ich schon Chemo bekommen, sonst müsste garantiert eine von uns kotzen.

»Mein Schätzchen, wie geht es dir?«, fragt sie und setzt sich elegant auf die Kante meines Bettes. Sie streicht mir mit ihrem langen roten Fingernagel eine blonde Strähne hinter mein Ohr.

»Danke, bestens«, erwidere ich ironisch.

Dann bemerkt sie Luise. »Oh, hallo!«, ruft sie und springt auf. »Ich bin die Mama von Sina.«

Luise unterbricht das Essen und lächelt wieder. Wieso guckt die immer so freundlich?! Hat sie nicht kapiert, dass sie Krebs hat?

»Hallo, ich bin Luise.«

Meine Mutter seufzt mitleidig. »Und, das erste Mal hier?«

»Der zweite Zyklus Chemo, also das zweite Mal hier auf Station. Aber ja, alles noch ganz neu.«

»Du Arme«, seufzt meine Mutter. Am liebsten würde ich sie boxen. Nichts ist schlimmer als Mitleid. »Aber das wird bestimmt wieder. Wo sitzt denn das Problem?«

»Im Gehirn. Also hoffentlich nicht mehr, denn ich wurde operiert und werde jetzt noch mit Chemo und Bestrahlung behandelt.«

»Na, ich drücke dir die Daumen, mein Kind.« Sie wendet sich wieder mir zu. »Und du, Prinzessin, hast du gar keinen Hunger?«

»Nein«, erwidere ich bockig, ohne gesehen zu haben, was es gibt.

Meine Mutter nimmt den Deckel runter und hebt entzückt die Augenbrauen. »Linseneintopf!« Sie rührt darin herum. »Dann hat es also geklappt.«

»Was denn?«, frage ich misstrauisch.

»Na, ich habe natürlich Bescheid gegeben, dass du keinen Zucker, keinen Weizen und keine anderen schlechten Kohlenhydrate bekommst.«

Jetzt geht das wieder los!

»Mama …«, will ich einlenken, doch dann beschließe ich, dass ich keine Kraft zum Streiten habe. Ich blicke aus dem Fenster. Wieder scheint die Sonne und ich komme mir vor wie im Aquarium. Das Leben, an dem ich nicht teilnehmen kann, ist da draußen. Erst jetzt wird mir wirklich bewusst, dass ich nicht zurück in die Schule gehen werde.

Luise

Natürlich verschiebt sich alles noch weiter nach hinten und mein zweiter Chemo-Zyklus hat einen weiteren Tag später gestartet.

Ich wache morgens mit voller Blase auf. Es ist gerade mal fünf Uhr und Sina neben mir schnarcht leise. Durch das Fenster sehe ich den Sonnenaufgang. Eigentlich ganz schön, wenn nicht der Clown an der Scheibe kleben würde.

Ich ächze und hieve mich aus dem Bett. Der Wasserbeutel war diese Nacht ziemlich schnell eingestellt und ich musste bereits zwei Mal aufstehen und aufs Klo. Auch jetzt fühle ich mich wieder etwas aufgeschwemmt und voller Wasser. Ich steige mit den nackten Füßen in meine Hausschuhe, greife den Infusionsständer und schiebe ihn quietschend Richtung Toilette.

Sina grunzt und wälzt sich im Bett.

Ich öffne leise die Tür und trete auf den Flur. Im Türrahmen zum Bad verkeile ich mich, der Ständer rollt ziemlich schlecht, doch dann habe ich es geschafft und lasse mich erleichtert aufs Klo sinken. Ein paar Haarsträhnen hängen in mein Gesicht, daher streiche ich mir über mein zerzaustes Haar. Als ich die Hand wieder runternehme, durchfährt mich ein Schreck. Viele lange rote Strähnen hängen zwischen meinen Fingern. Mir steigen Tränen die Augen.

Ich habe Krebs, aber was mich in dem Moment bedrückt, sind meine ausfallenden Haare. Seit einer Woche werden sie bereits dünner, aber solche dicken Strähnen habe ich bisher nicht verloren. Für die OP und das Einsetzen eines Zugangs am Kopf wurden schon einzelne Stellen rasiert, aber das konnte ich teilweise durch den Rest der Haare verdecken. Das wird bald vorbei sein.

Ich wasche mir gründlich die Hände und benutze Desinfektionsmittel. Dann gehe ich zurück in mein Zimmer.

Als ich mein Bett erreiche, sehe ich auf meinem Kissen ein rotes Nest aus Haaren. Ich schlucke und sammle die Strähnen ein. Meine Hand ist voll mit dem dicken Knäuel, das ich mit einem Kloß im Hals in den Müll werfe. Ich krieche zurück unter die Decke.

Eine Träne läuft meine Wange hinab. Schlafen kann ich nicht mehr.

Zwei Stunden später kommt Schwester Carola mit dem großen Wagen rein.

»Guten Morgen, ihr Süßen«, trällert sie und schlägt unsere Akten auf. Weil ich schon wach bin, wendet sie sich zuerst mir zu und legt mir die Blutdruckmanschette an.

»Hast du schon Fieber gemessen?«, fragt sie.

Ich schüttle den Kopf und nehme das Thermometer von meinem Nachttisch. Kurz darauf piept erst das Blutdruckmessgerät, dann das Thermometer.

»Sechunddreißig Komma acht«, nuschle ich und Carola trägt alles in ihrer Liste ein.

»Du gehst dich nachher noch wiegen und sagst Bescheid, ja?«

Sina macht gar keine Anstalten, die Augen zu öffnen. Sie streckt lediglich ihren dünnen Arm aus dem Bett und Carola legt ihr die Manschette an.

Kaum ist Carola raus, kommt Sophie, die Frühstücksfrau, und bringt uns beiden ein Tablett. Heute hat es geklappt mit dem vegetarischen Essen. Zwei Brötchen, Käse, Marmelade und ein Joghurt. In Ordnung.

Ich öffne den Joghurt und beginne darin zu rühren. Normalerweise frühstücke ich nicht so viel, aber wenn mir von dieser Chemo so schlecht wird wie beim letzten Mal, dann sollte ich die Gelegenheit nutzen und noch mal ordentlich essen.

Sina rührt sich nicht. Erst als zur Mittagzeit die Visite kommt, bequemt sie sich und setzt sich auf.

Meine Freundinnen Mascha und Verena sind da, als am Nachmittag endlich meine Chemotherapie geliefert wird. Ich habe den restlichen Tag mal wieder mit Warten verbracht.

Pfleger Sven, ein blonder junger Mann, der heute die Spätschicht hat, betritt das Zimmer, in der Hand zwei fiese schwarze Beutel. Er grinst mich an. »Kann losgehen«, sagt er und hängt die Beutel an den Infusionsständer neben das Wasser. Konzentriert baut er die Computer am Ständer auf und stellt die Geschwindigkeit ein. Ich bin erstaunt, wie ordentlich er alles verkabelt.

Mascha guckt skeptisch auf die schwarze Folie. »Das ist es also?«, fragt sie.

»Jap«, antworte ich und tue etwas cooler, als ich bin.

Auch Verena legt die Zeitschrift beiseite, die wir bis eben kichernd durchgeblättert haben, und atmet tief ein. »Ist es okay, wenn wir noch bleiben?«, fragt sie.

»Klar«, gebe ich zurück. Meine Eltern kommen erst am Abend und ich habe keine Lust, den Rest des Tages neben der schlecht gelaunten Sina zu liegen, die teilnahmslos aus dem Fenster starrt und ebenfalls noch auf ihre Therapie wartet.

Sven befestigt die letzten Schläuche an den Infusionsbeuteln. Jetzt hängen drei Beutel und drei Computer an der Metallstange, das Ding wird immer schwerer.

»Ich lasse noch einmal Kochsalz durch die Schläuche laufen, dann startet die Chemo«, erklärt Sven, baut noch zwei kleine Fläschchen an, die er ansticht. »Alles klar?« Er zwinkert mir über die Brille hinweg zu. Ich nicke und er verschwindet wieder.

»Gruselig«, sagt Verena und schlägt sich dann erschrocken die Hand vor den Mund. »Tut mir leid, ich wollte nicht …«

»Nicht so schlimm«, entgegne ich betont locker und rücke meine Mütze zurecht.

Noch habe ich zwar ein paar Haare, aber vor allem viele kahle Stellen. Wie ein gerupfter roter Vogel sehe ich aus und will nicht, dass meine Freundinnen dieses Bild von mir im Kopf haben.

Ich setze mich noch gerader auf und grinse. »Also: Erzählt doch mal, was in der Schule so los war.«

Ein paar Stunden später sind Verena und Mascha weg. Müdigkeit überfällt mich und mir ist etwas mulmig zumute, aber sonst geht es mir soweit ganz gut.

Sinas Chemo kam heute doch noch nicht. Mittags war ihre Mutter kurz da, aber die ist nun wieder im Gästehaus.

Obwohl es erst achtzehn Uhr ist, könnte ich auf der Stelle einschlafen. Neben mir liegt eine angebissene Scheibe Brot – ich habe noch nicht mal eine ganze geschafft.

»Du hast Glück mit deinen Freundinnen, weißt du das?«, tönt plötzlich Sinas Stimme durch den Raum. Sie blickt finster ins Zimmer. Es ist das erste Mal an diesem Tag, dass sie etwas zu mir sagt.

»Ich weiß«, murmle ich. »Wo sind deine Freundinnen?« Ich kann Sinas Blick nicht so recht deuten, doch sie scheint dem meinen auszuweichen.

»In einer anderen Stadt. Ich bin nur für die Behandlung hier«, entgegnet sie knapp. »Und meine einzige echte Freundin Lisa macht gerade ein Auslandsschuljahr in den USA.«

»Oh«, sage ich und weiß nicht recht, wie ich reagieren soll. »Aber weiß sie Bescheid?«

Sina zieht die Nase hoch. »Ich habe ihr ein Bild geschickt. Sie hat es gesehen, aber noch nicht geantwortet.«

Für einen Moment denke ich, sie würde anfangen zu weinen, aber dann wird ihr Blick wieder hart.

»Egal«, bricht sie das kurze Gespräch ab. »Ich habe echt

andere Probleme.« Dann steckt sie sich die Kopfhörer ihres Smartphones in die Ohren und dreht sich zur Seite.

Zurück bleiben Stille und eine tiefhängende Traurigkeit.

Ella

Alles ist absurd. Die Wohlfühlmusik, die Snacks, die Kaffeekannen, die gemütlichen Sitzecken und die Landschaftsbilder an der Wand. Dazwischen sitzen traurig dreinblickende Paare Mitte vierzig, die sich im Arm halten. Und ich. Löcher in der Strumpfhose, abgestoßene Doc Martens und meine Mitbewohnerin Ayla im Schlepptau.

Die blättert gerade in einer Broschüre. »Der Weg zum Wunschkind«, liest sie vor und hebt die dunklen Brauen. Dann schaut sie mich an. »Warum sind wir noch mal hier?«

Ich verdrehe gespielt empört die Augen. Sie weiß genau, weswegen wir hier sind.

Die Kinderwunschklinik liegt am Stadtrand, ein pompöses Glasgebäude, in dem es nach Geld riecht. Die Ärztin aus dem Krankenhaus hatte den ersten Termin für mich vereinbart. Heute bin ich zum dritten Mal da. Wie ich das finanzieren soll, weiß ich noch nicht. Ich werde wohl meine ganze Familie anhauen müssen.

»Weil ich keine Lust hatte, allein herzukommen«, sage ich leise und kichere albern. »Vielleicht denken die anderen auch, dass wir ein Paar sind.«

Ayla grinst. »Kann sein. Ich hätte nichts dagegen«, entgegnet sie und legt mit übertriebener Geste den Arm um meine Schultern.

Tatsächlich guckt eine kleine Frau mit dicker Brille neugierig zu uns herüber.

»Ich hoffe, dass die Ärztin heute genügend Eizellen sehen kann«, werde ich wieder ernster. »Dann ist in wenigen Tagen die Entnahme und es geht endlich mit der Chemo los.«

Seit meiner Diagnose sind nun zwei Wochen vergangen. Einen Tag später war ich zum ersten Mal hier und seitdem spritze ich mir jeden Tag Hormone, um das Wachstum meiner Eizellen anzuregen. Ich fühle mich aufgebläht und mein Unterleib tut weh, aber bald ist es hoffentlich vorbei.

»Bestimmt. Du bist doch jung«, beruhigt mich Ayla und tätschelt meine Schulter. Die sanften Klänge der Flötenmusik sind zu Ende und das Geräusch von Meeresrauschen setzt ein.

Zum Glück habe ich schon nach einem Semester Studium eine Freundin und Mitbewohnerin wie Ayla gefunden. Nicht auszudenken, wenn ich diesen verrückten Ort allein aufsuchen müsste.

»Ella Bauer.« Die stark geschminkte Ärztin mit sehr blonden Haaren und sehr pinkfarbenen Lippen schwebt im weißen Kittel in den Wartebereich.

»Ja«, rufe ich, springe auf und streiche mir eine dunkle Haarsträhne aus dem Gesicht. Seit ein paar Tagen habe ich keine Knieschmerzen mehr und kann ihr ohne Probleme ins Sprechzimmer folgen.

»Viel Glück«, formt Ayla mit den Lippen, als ich mich umdrehe, und hebt zwei gedrückte Daumen nach oben.

Na hoffentlich! Ich will endlich meine Zellen ins sichere Eis bringen.

Tatsächlich ist es wenige Tage darauf so weit – unter Vollnarkose werden mir Eizellen entnommen. Am Abend bin ich noch immer etwas neben der Spur. Ich habe fiese Bauchschmerzen und liege in der WG auf meinem Sofa. Ayla hat extra ein Auto ausgeliehen und mich nach der Entnahme abgeholt. Unsere dritte Mitbewohnerin Svea ist heute den ganzen Tag unterwegs, kommt aber abends nach Hause. Solange bleibt Ayla bei mir, hat mir Suppe gekocht und füllt mir fast stündlich eine neue Wärmflasche.

Ich stöhne. Ayla legt eine Hand auf meinen Unterarm. Sie hat sich meinen Schreibtischstuhl zum Sofa gezogen und beugt sich über mich. Meine Lampe gibt ein schummriges Licht von sich, Ayla hat ein gelbes Tuch darübergehängt. Ich mag mein Zimmer. Es ist meine erste WG und ich hatte richtig Glück. Svea ist eine gute Freundin meiner Cousine, und als ein Zimmer frei wurde, haben sie mich gleich gefragt, ob ich einziehen will. Ayla und ich studieren zufälligerweise auch noch zusammen.

»Ich bin froh, dass die Entnahme erledigt ist«, sage ich zu Ayla. »Irgendwie fühlt es sich so an, als hätte ich schon die erste Hürde hinter mich gebracht.« Keine Ahnung, ob ich irgendwann mal Kinder möchte, es ist viel zu früh, darüber nachzudenken. Aber der Krebs zwingt mich, einige seltsame Dinge zu tun – und ich bin froh, dass ich ein solches Back-up noch rechtzeitig anlegen konnte.

»Es ist so komisch«, flüstere ich und nehme Aylas Hand.

»Was?«

»Na, dass dieser Krebs in meinem Knie ist. Ich fühle mich ja gut und stark. Ich habe nicht mal Schmerzen. Die sind einfach wieder weggegangen.«

Ayla nickt ernst. »Du musst ihnen wohl oder übel glauben.«

Ich schaue sie an. Sie meint meine Ärztinnen.

»Ja, das muss ich. Aber irgendwie ist es so schwer, wenn ich selbst überhaupt keine Symptome habe.«

»Aber das stimmt nicht. Da waren die schlimmen Knieschmerzen, mehrere Tage lang.«

»Ja«, winke ich ab. »Aber jetzt fühlt es sich so an, als hätte ich sie nie gehabt.«

Ayla lacht. »Glaub mir, ich erinnere mich. Du hast geschrien, so sehr hat es wehgetan. Weißt du noch, als wir in der Notaufnahme waren?«

»Die Notaufnahme, die mich weggeschickt hat«, entgegne ich finster.

Ayla nickt seufzend und bindet sich das schwarze Haar zu einem Zopf.

Ich bin wütend, wenn ich daran denke. Erst hat die Notaufnahme mich nicht ernst genommen und erklärt, dass ich zum Orthopäden muss. Als ich endlich dort einen Termin hatte, sagte man mir, dass ich einen MRT brauche und das acht Wochen dauern könne, bis ich drankäme. Doch die starken Schmerzen haben mich angetrieben, überall anzurufen, und irgendwo war dann doch ein Termin in derselben Woche frei. Zum Glück. Ich will mir nicht vorstellen, wie weit der Krebs in acht Wochen hätte fortschreiten können.

»Ich habe Angst vor der Chemo«, flüstere ich.

Ayla blickt mich an. »Ich weiß. Und ich kann nichts sagen, was dir hilft. Aber ich bin mir sicher, dass du durchhältst. Wir unterstützen dich, wo wir können – versprochen!«

Ich schniefe und plötzlich fange ich an zu weinen.

Sofort kommt Ayla zu mir aufs Sofa und nimmt mich in den Arm, streichelt mein zerzaustes Haar und wiegt mich sanft hin und her. Das Vibrieren meines Smartphones lässt uns innehalten.

Ich entwinde mich Aylas Armen und schaue auf das Display. »Meine Eltern«, sage ich. Sie wollen sicher wissen, wie es lief und wann sie kommen sollen. Bei der ersten Chemo wollen sie dabei sein, ich will das lieber nicht. Es war schlimm, ihnen vom Krebs zu erzählen, doch das habe ich noch am Abend der Diagnose hinter mich gebracht.

Ich atme einmal tief durch. »Klingt meine Stimme normal?«, frage ich Ayla.

»Fast.«

Ich nehme den Anruf an. »Hallo, Papa.«

September

Sina

Die Zeit zu Hause ist komisch. Das ging mir beim ersten Mal Krebs vor anderthalb Jahren auch immer so. Jetzt, bei meinem Rückfall, ist alles noch schlimmer.

Ich war eine Woche im Krankenhaus und habe nun Pause, fühle mich müde und irgendwie giftig. Nun bin ich zurück in der Kleinstadt, in dem Haus mit großem Garten, in der erdrückenden Idylle. Die Vögel zwitschern zu laut und die Bienen summen aufdringlich um die großen Blumen herum.

Ich habe nie darüber nachgedacht, wie es ist, Geschwister zu haben. Aber jetzt wünschte ich, ich hätte welche. Wenigstens haben wir zwei Katzen, Lumi und Makali.

Die Chemo ging zum Glück einigermaßen schnell vorbei. Ein Tag Therapie, fünf Tage liegen. Ich habe die Hälfte meines Krankenhausaufenthaltes schon wieder verdrängt. Ich glaube, das ist so ein Schutzmodus. Auf jeden Fall habe ich gekotzt und Fernsehen geguckt. Zu mehr war ich nicht fähig.

Lisa hat sich nicht so richtig gemeldet. Bis auf einen Heul-Smiley kam nichts.

Jetzt hänge ich auf der Terrasse meiner Eltern rum und starre auf mein Handy. Meine blassen Beine liegen in der Sonne, das ist eigentlich verboten. Makali läuft an mir vorbei und ich streichle geistesabwesend ihr weiches Fell. Gedankenverloren scrolle ich durch Lisas Feed. Bikini-Bilder am Strand, sie vor der Schule, vor der amerikanischen Flagge, mit ihren Gasteltern.

Ich merke gar nicht, dass mir Tränen das Gesicht hinablaufen, bis meine Mutter erschrocken ruft: »Prinzessin, was ist los?!«

Wie ertappt lasse ich das Handy auf die Armlehne der Liege sinken. »Ich habe Krebs«, schniefe ich.

»Mein armer Schatz!« Mama kommt näher und drückt meinen blonden Schopf an ihre Brust. Ihre langen Fingernägel krallen sich in meine Schulter.

»Mama, lass das«, murre ich und drücke sie weg. »Ich glaube, ich brauche einen Smoothie«, schiebe ich versöhnlich hinterher. Das zieht.

»Natürlich, Prinzessin, ich mache dir sofort einen.« Sie flieht in die Küche und sieht erleichtert aus. Sie braucht ja auch ihre Aufgaben.

Lisa und ich sind beste Freundinnen seit der Grundschule. Wir beide sind auf das Sportgymnasium gegangen, beide mit dem Traum, professionelle Turnerinnen zu werden.

Es war eine Lehrerin, die mich damals ins Krankenhaus geschickt hat. Ich hatte schon einige Tage Rückenschmerzen, als ich den Knubbel in der Leiste entdeckte, weil das Sporttrikot immer genau darauf gedrückt hat. Nach drei Tagen war der Knubbel groß wie ein Tennisball, ich war müde und fühlte mich fiebrig. Die Physiotherapeutin fand das nicht besorgniserregend, meine Lehrerin schon. Und dann ging alles ganz schnell.

Beim ersten Mal war Lisa so oft im Krankenhaus, wie es Training und Unterricht zuließen. Das Krankenhaus war in derselben Stadt wie unsere Schule. Auch meine anderen Freundinnen waren oft da, brachten mir Hausaufgaben und sorgten dafür, dass ich ein bisschen im Schulstoff blieb, obwohl ich kaum in den Unterricht ging.

Und ausgerechnet jetzt ist Lisa ein Jahr in Amerika, und auf der neuen Schule sind zwar alle nett, doch Freundinnen habe ich keine. Ich denke, sie finden mich irgendwie komisch, am Anfang hatte ich noch fast eine Glatze und immer wieder Fehlzeiten. Ich habe niemandem vom Krebs erzählt, aber die können sich ja ihren Teil denken.

»Hier, Prinzessin!« Mama reißt mich mit ihrer lauten Stimme aus den Gedanken und hält mir ein riesiges Glas Smoothie vors Gesicht, sogar mit Schirmchen.

»Danke, Mama.«

Eigentlich habe ich gar keine Lust darauf, aber ich nehme pflichtbewusst einen Schluck und blicke in den spätsommerlich blühenden Garten. Nachher muss ich noch zu meinem Hausarzt zum Blutabnehmen. Ich habe nach der Therapie eine Spritze bekommen, die mein Immunsystem wieder ankurbeln soll, und das wird im Blut untersucht. Leider löst die Spritze Knochenschmerzen aus, sodass ich nach einer Position suche, in der es aushaltbar ist. Diese Schmerzen kenne ich noch vom letzten Mal.

Ich höre, wie die Haustür zuschlägt.

»Ich bin da!«, singt mein Vater durchs ganze Haus. Er scheint noch besser gelaunt zu sein als die nervigen Spätsommervögel. Freitags kommt er immer früh nach Hause.

Ich versuche mich aufzusetzen, doch dann gebe ich auf.

Kurz darauf steht er in knielanger Hose vor mir. »Liebling, was willst du zu Mittag essen?« Er strahlt mich an, als wäre es ein ganz normaler Tag, an dem ein ganz normaler Vater fragt, was seine ganz normale Tochter essen will.

Ich schließe kurz die Augen. Die Übelkeit ist noch nicht ganz überwunden. »Nudeln mit Salz«, gebe ich zurück.

»Da wird deine Mutter aber dagegen sein«, zischt er leise.

»Wo werde ich dagegen sein?« Meine Mutter wirbelt auf die Terrasse und lässt sich elegant auf einen der Holzstühle sinken.

Ich schlage einen provokanten Ton an. »Gegen Nudeln.«

Mama sieht mich entsetzt an und reißt die Augen auf. »Prinzessin, das ist pures Gift für dich!«

Ich verdrehe die Augen. »So ein Quatsch! Frau Fenn sagt, ich soll das essen, worauf ich Appetit habe.«

»Frau Dr. Fenn hat keine Ahnung«, ruft Mama und erhebt ihre Stimme.

»Aber, Mama, sie ist Profi, du nicht …«, versuche ich halbherzig dagegenzuhalten.

»Sibylle, bitte!«, fährt mein Vater dazwischen. »Wenn Sina sich Nudeln wünscht, bekommt sie Nudeln.«

»Keine leeren Kohlehydrate, kein Zucker!« Mamas Stimme wird schrill. »Davon ernährt sich der Krebs. Willst du unser Kind umbringen?!«

Jetzt wird auch Papa laut. »Natürlich nicht! Aber das mit dem Zucker ist reine Esoterik, wissenschaftlich nicht haltbar. Sie muss doch irgendetwas essen!«

Ich sinke noch tiefer in meinen Stuhl. Um mich geht es hier schon lange nicht mehr.

Luise

Meine Chemo-Pause ist nicht wirklich eine Pause. Jeden Tag holt mich ein Krankenwagen zur Bestrahlung ab und bringt mich wieder zurück nach Hause. Die Bestrahlung ist nervig, aber sie tut immerhin nicht weh. Mein Immunsystem ist schwach, deshalb gehe ich trotz des schönen Wetters kaum raus, sondern hocke auf der Couch und spiele Playstation. Mit Mascha und Verena schreibe ich viel, doch bis zum dritten Krankenhausbesuch sollte ich sie besser nicht mehr treffen.

Weder mein Vater noch meine Mutter kommen zu Beginn des dritten Zyklus mit. Ich habe darum gebeten, dass Jakob mich fährt. Irgendwie ist das die angenehmste Variante. Meine Eltern kriegen sich eh dauernd nur in die Haare. Wir biegen ab und fahren auf das Krankenhausgelände. Die vielen Bäume in dem kleinen Park sind nun bereits gelb und rot und die Sonne strahlt in ihrem wärmsten Licht. Jakob findet sogar einen Parkplatz vor Haus 11, hier ist meine Station.

Wir steigen aus und er holt meine Tasche aus dem Kofferraum. »Los, wir gehen hoch.«

»Kommst du mit?«, frage ich überrascht. »Was ist mit Schule?«

»Ach, Schule«, entgegnet er und streicht sich das dunkle Haar aus der Stirn. »Klar komme ich mit!«

Wir betreten den spiegelglatten Boden des Gebäudes und gehen zum Fahrstuhl. Treppen laufen ist mir im Moment zu anstrengend. Als wir in den breiten Lift einsteigen, blicke ich in ein Gesicht, das ich kenne.

»Luise!« Ein warmes Lächeln und leuchtende braune Augen.

»Ella.« Wir umarmen uns flüchtig. Sie trägt eine Sporthose und hat einen Infusionsständer dabei, aber noch hängt nur Wasser dran.

Auch Ella und Jakob umarmen sich nach kurzem Zögern. Der Fahrstuhl ruckelt und setzt sich in Bewegung.

»Wie läuft's?«, frage ich, und Ella deutet auf den riesigen Wasserbeutel.

»Na ja, läuft. Dreihundert Milliliter pro Stunde.«

Wir lachen.

»Nee, im Ernst«, sagt sie und schaut auf die Uhr. »Ich bin schon zwei Tage hier. Vorgestern Port-Implantation, seit gestern werde ich gespült, ich hoffe, heute geht es los.«

Ich nicke. »Also noch gar keine Chemo bisher?«

»Nee.«

Der Aufzug bleibt stehen, eine alte Frau mit zittrigen Händen steigt ein.

»Dauert alles ganz schön lange«, beschwert sich Ella. »Und außerdem ist meine Bettnachbarin über achtzig und schnarcht extrem laut.«

Die alte Dame wirft ihr einen pikierten Blick zu.

Ich verziehe mitleidig das Gesicht und sage etwas leiser: »Stimmt, du musst ja mit den alten Leuten auf Station bleiben.«

Ella seufzt. »Lange halte ich das nicht aus«, zischt sie. »Die jammert und jammert und schnarcht, und heute ist erst Tag drei.«

Ich lache. »Und was machst du den ganzen Tag?«

Ella grinst. »Netflix mit Kopfhörern.«

Ich gucke sie irritiert an. Die Fahrstuhltür öffnet sich und ich muss raus. Jakob kommt mit dem Koffer hinter mir her. Ellas Station ist eine Etage höher.

»Du hast WLAN?« Mir wurde gesagt, dass keine Station WLAN hat.

Ella zwinkert. »Ist ja ein Uniklinikum, ich bin Studentin und deshalb hier im Uni-WLAN. Ich war gleich automatisch eingeloggt.«

Jakob und ich stehen jetzt außen vor der silbernen Fahrstuhltür, die sich langsam schließt.

»Schreib einfach, wenn du Bock auf eine Serie hast«, ruft Ella noch durch den Türschlitz, dann rumpelt der Aufzug weiter nach oben.

»Das merke ich mir«, murmle ich an Jakob gewandt, doch er blickt immer noch auf den geschlossenen Fahrstuhl.

»Hallo, Luise«, begrüßt mich Hatice, als ich die Station betrete. Ich freue mich, denn sie kenne ich wenigstens schon. Es riecht nach Desinfektionsmittel und Reis.

»Du bist in Zimmer 7, dein Bett steht schon bereit.« Auch Jakob begrüßt die Pflegerin.

»Danke«, sage ich und laufe Richtung Zimmertür. Hoffentlich dieses Mal ohne traurige Window-Color-Bilder. Mir kommen zwei kleine glatzköpfige Jungs mit Lego-Figuren in den Händen entgegen. Ich bin hier mit Abstand die Älteste, würde ich sagen.

»Ach ja, Luise.« Ich drehe mich wieder zu Hatice um. »Heute Nachmittag besucht uns der Clown.« Sie grinst. »Jeden zweiten Donnerstag knotet er lustige Luftballontiere, auch für dich.«

Ich nicke und kann mir ein kurzes Prusten nicht verkneifen.

»Du liebst doch Luftballontiere«, feixt Jakob.

Ich verdrehe die Augen. »Danke für die Info!« Ich bin froh, dass die Pfleger und Pflegerinnen nicht immer ernst bleiben. Die Stimmung ist erstaunlich gut dafür, dass alle Krebs haben.

Jakob läuft mir mit meinem Koffer hinterher und wir betreten Zimmer 7.

»Ach nee.« Das Mädchen im Bett schaut mich feindselig an. Es ist Sina.

Innerlich stöhne ich ein bisschen auf, letztes Mal hat sich unsere Beziehung nicht weiter erwärmt.

»Bis heute Morgen war ein kleines stilles Mädchen da, die fast nur geschlafen hat. Das war toll«, sagt sie provokant, dann greift sie demonstrativ nach einem Comic-Heft und vertieft sich.

Ich sehe, dass sie bereits an der Chemo hängt und eine Mütze trägt. Ein sicheres Indiz dafür, dass sie wie ich keine Haare mehr auf dem Kopf hat.

»Äh …«, fragt Jakob unsicher. »Soll ich rausgehen?«

»Ja«, ruft Sina.

»Nein«, sage ich bestimmt.

»Ich gehe mal lieber.«

In dem Moment lässt Sina plötzlich den Comic fallen und verzieht das Gesicht. Sie wirft den Oberkörper nach vorn und drückt sich die Hand auf den Mund.

»Jakob, schnell!«

Geistesgegenwärtig wirft mir Jakob eine Nierenschale aus Pappe zu, die in großen Stapeln neben der Tür warten, und ich halte sie Sina vor den Mund.

Sie greift danach und berührt dabei meine Finger. Ihre Hand ist eiskalt und schwitzig. Dann übergibt sie sich in die Schale. Zum Glück hat sie offenbar viel getrunken und wenig gegessen.

»Mist«, murmle ich, sprinte auf den Flur und rufe nach Hatice, die sofort um die Ecke biegt. Im Vorbeigehen greift sie einen Eimer aus dem Lagerraum und betritt das Zimmer.

»Hier, Sina!« Sie reicht ihr den Eimer und nimmt die volle Nierenschale entgegen.

Erschöpft lässt sich Sina in die Kissen sinken.

Ich gebe ihr ein paar Papierhandtücher und sie tupft sich müde den Mund ab. Jakob weiß nicht, wo er hinsehen soll.

Ich habe mich inzwischen aufs Bett gesetzt und bereits eine Tablettendose mit meinem Namen drauf für mich entdeckt. Jakob nimmt auf der Fensterbank Platz.

»Hier hast du etwas gegen die Übelkeit«, erklärt Hatice. »Davon wirst du auch müde.« Nachdem die Flüssigkeit in Sinas Port gelaufen ist, wendet sich Hatice mir zu.

»Und jetzt zu dir!« Sie deutet auf die Pillendose. »Nimm die schon mal, nachmittags soll die Chemo für heute kommen, Frau Dr. Fenn hat sie bereits bestellt.«

»Wow. Das geht ja schnell dieses Mal. Kann ich rausgehen, bis wir starten?«

»Klar, solange der Akku vom Infusionscomputer läuft. Aber lass deine Handynummer da, dann rufen wir an, wenn es so weit ist.«

Hatice verlässt das helle Zimmer, um nach Frau Fenn zu suchen.

Sina hat sich wieder etwas berappelt und greift nach dem Comic-Heft. Dann gähnt sie und legt es wieder ab.

»Hey, Sina«, sage ich versöhnlich. Sie schaut mich aus wässrigen blauen Augen an. »Wenn es dir heute Abend ganz okay geht, hast du Lust, eine Serie zu gucken?«

Sie schnieft. »Wie denn?«

»Ich habe ein Mädchen von der Erwachsenenstation kennengelernt, sie hat hier Uni-WLAN und kann uns besuchen.«

»Von mir aus«, murmelt Sina, dreht sich zur Seite und schläft.

Jakob schaut mich erschrocken an. »Hier passiert ja jede

Menge.« Er sieht überfordert aus. »Gehen wir raus? Ich brauche dringend frische Luft.«

Mein armer großer Bruder. Wenn er wüsste, was hier wirklich alles passiert.

Ella

»Ach, Kindchen, so jung und schon so eine schlimme Krankheit.« Das sagt meine Bettnachbarin heute Nachmittag schon zum dritten Mal zu mir.

Ich tue so, als würde ich weiterlesen und ignoriere sie. Ihre Therapie beeinflusst ihr Gedächtnis und ich kann es nicht mehr hören.

»Na, Sie und ich, wir sitzen im selben Boot und wollen einfach noch ein bisschen leben, nicht wahr?«, flüstert sie mit zittriger Stimme.

Ich beiße die Zähne zusammen. *Nein, tun wir nicht*, denke ich. *Du bist achtzig und hast dein Leben schon gelebt, und ich bin achtzehn und sollte es noch vor mir haben.*

»Jaja, der Krebs bestimmt unser Leben«, kommt dann noch und sie lächelt mich milde mit herunterhängenden Mundwinkeln an.

Jetzt reicht es!

Ich pfeffere mein Buch zur Seite, stehe auf und schlüpfe in meine Schlappen.

Die alte Frau lässt sich wieder auf die Seite sinken, schläft ein und schnarcht sofort. Es stinkt neben ihrem Bett. Der Toilettenstuhl muss geleert werden.

Ich fliehe auf den Flur und muss die Tränen zurückhalten. Womit habe ich das verdient?! Ich lasse mich auf einen

Stuhl im Gang fallen. Alte Leute schlappen mit ihren Infusionsständern auf und ab, manche sitzen hinter der Glasscheibe im Aufenthaltsraum. Viele tragen Tücher um den Kopf, Schlafanzüge und hässliche Hausschuhe.

Diese Station erdrückt mich mit ihren Gerüchen, ihren alten Leuten, der Langsamkeit und dem grauen PVC-Boden.

Ich schaue auf mein Handy. Heute arbeitet Ayla den ganzen Tag, morgen wird sie mich wieder besuchen. Vormittags waren Henry und Flo aus der Uni da, aber ich wünschte, ich könnte mich bei Ayla über alles beschweren.

Schwester Sonja kommt aus dem Besprechungsraum und sieht mich im Flur sitzen. »Ah, Frau Bauer«, sagt sie und läuft zu mir. »Mit Ihnen wollte ich sprechen.« Als sie vor mir steht, blickt sie mich einen Moment prüfend an. »Alles in Ordnung?«

Ich schluchze. »Ich halte es hier nicht mehr aus. Immer warten und warten und nichts passiert.« Langsam stehe ich auf und will zurück in mein Zimmer, doch Sonja umarmt mich tatsächlich kurz.

»Heute ist es leider zu spät, um mit der Therapie zu starten, sagt die Frau Doktor, aber morgen geht es los. Versprochen.«

Frustriert ziehe ich die Nase hoch. Jeder Tag, den es sich weiter nach hinten verschiebt, ist ein Tag länger hier.

»Und, Frau Bauer …«

Ich drehe mich um.

»Gehen Sie ruhig mal raus. Essen Sie etwas außerhalb, trinken Sie einen Kaffee, verlassen Sie das Gelände.«

»Aber ich darf doch nicht. Und außerdem hab ich den Wasserbeutel!«

»Wenn Sie mir versprechen, viel zu trinken, dann kann ich Sie auch mal für ein, zwei Stunden abstöpseln, und wir stellen das Wasser danach einfach etwas schneller ein.«

Ich blicke sie ungläubig an. Schlägt sie mir bei meinem ersten Aufenthalt vor, die Regeln zu brechen?

»Okay«, sage ich gedehnt. »Das will ich.«

Wir laufen in mein Zimmer, die alte Frau schnarcht jetzt laut. Sonja zieht sich Handschuhe an, nimmt Desinfektionsspray und sprüht es auf die Verbindung von Portschlauch und Wasserschlauch. Sie dreht das Wasser ab, steckt einen Stöpsel drauf und sprüht noch einmal. Ich bin frei.

»Bis 21 Uhr bin ich heute da. Sagen Sie Bescheid, wenn Sie zurück sind, dann geht's weiter.«

Ich nicke dankbar, greife mein Buch und zupfe das T-Shirt über der Portnadel zurecht. In der Nähe des Krankenhauses gibt es ein nettes Café am Fluss. Da werde ich hingehen und so tun, als wäre alles wie immer. Noch habe ich meine langen dunklen Haare, niemand kann mir ansehen, dass überhaupt nichts normal ist.

Ich bin um siebzehn Uhr zurück, als gerade Abendessen serviert wird. Viel zu früh. Ich lasse es stehen und werde es später essen.

Sonja befestigt den Wasserschlauch wieder an meinem Zugang. »War's schön?«, fragt sie.

»War super«, entgegne ich und es stimmt.

Als meine Bettnachbarin die Schwester herbeiklingelt, um sich auf den Toilettenstuhl setzen zu lassen, greife ich mir meinen Infusionsständer und verlasse fluchtartig den Raum. Dann stehe ich in der Abendsonne als Einzige im Flur und überlege, was ich tun kann. Ich zücke mein Handy und schreibe Luise. Bock auf Netflix?

Die Antwort kommt sofort. Ja.

Alles klar. Ich schiebe den quietschenden Ständer in mein Zimmer, ignoriere das Klo-Geschehen, schnappe mir meinen Laptop und renne, so gut das eben geht, auf den Flur.

Das Stockwerk tiefer ist genauso geschnitten wie meine Station, aber die Wände sind bunt, es gibt viele Fotos und selbst gemalte Bilder und ich bin mir unsicher, ob ich mir den Clown, der gerade die Station verlässt, einbilde.

Zum Glück sitzt niemand im Pflegeglaskasten und kann mich aufhalten, da hatte ich etwas Angst. Die offiziellen Besuchszeiten sind vorbei. Ich schiebe den Ständer Richtung Zimmer 7 und klopfe vorsichtig.

»Herein!«

Ich betrete den Raum. Luise hockt auf ihrem Bett und knabbert an einem Knäckebrot herum. Auch sie hat einen Wasserbeutel, allerdings hängt daneben eine kleine schwarze Tüte. In dem anderen Bett liegt ein jüngeres Mädchen und starrt gegen die Decke, ebenfalls mit Wasserbeutel und schwarzem Tütchen, das jedoch schon platt und leer ist. Neben ihr steht ein Eimer und ihre Lippen sind verdächtig blass. Beide tragen Mützen. Luises rote Locken lugen nicht mehr darunter hervor.

»Ich bin Ella«, sage ich und lächle das fremde Mädchen an.

»Sina«, entgegnet sie trocken und blickt kurz in meine Richtung. »Gucken wir jetzt Netflix?«

Ich bin von ihrer schroffen Art etwas überrumpelt, aber Luise winkt nur ab und verdreht die Augen. »Komm, wir stellen den Laptop auf den Tisch und du kannst mit auf mein Bett.«

Ich baue den Computer auf und schiebe den Tisch so, dass wir von beiden Betten gut darauf schauen können. »Seht ihr so was?«, frage ich. Sina nickt knapp und Luise bejaht.

Wir suchen uns eine rührselige Highschool-Serie aus, etwas Leichtes ohne Nachdenken. Wir gucken eine Folge und noch eine. Irgendwann kommt die Nachtschwester und überprüft alle Schläuche, doch sie sagt nichts. Vielleicht denkt sie, ich gehöre zur Station.

Wir schalten erst aus, als Sina fast eingeschlafen und der Himmel draußen längst dunkel ist.

Ich erhebe mich von Luises Bett und packe den Laptop leise wieder ein, um Sina nicht zu stören.

»Das war schön«, lächelt Luise.

Sina schmatzt und murmelt: »Machen wir das wieder?«

Sie öffnet noch nicht einmal die Augen. »Ist besser als gar nichts.«

»Klar«, entgegne ich überrascht.

»Lasst uns doch eine Chat-Gruppe gründen, dann können wir uns immer abstimmen, wer wann hier stationär ist und so«, schlägt Luise vor.

»Super Idee!«, sage ich und schiebe den Ständer Richtung Tür.

»Ich habe ja deine Nummer«, meint Luise und wirft einen Blick auf Sina. »Mit Sina klär ich das morgen früh.«

Sie winkt mir noch, dann verlasse ich das Zimmer.

Ich atme tief durch. Das gelbe Licht auf dem Flur ist trotz der bunten Wände ungemütlich und ich laufe langsam zum Fahrstuhl. Mir geht es besser, viel besser als heute Nachmittag. Obwohl wir nicht viel geredet haben, fühle ich mich mit Luise und Sina so verbunden. Ich kenne die beiden kaum, und ob ich Sina mag, weiß ich noch nicht mal. Aber wir sind alle aus einem schlimmen Grund hier. Das gibt mir plötzlich das Gefühl, dass meine Krankenhausaufenthalte weniger furchtbar werden als bisher gedacht.

Sina

Am nächsten Morgen kann ich mich kaum noch an den vorigen Abend erinnern. Diese andere von der Erwachsenenstation war da, wir haben eine Serie geguckt, aber mein Kopf fühlt sich an, als wäre er mit Watte vollgepackt. Das sind die Medikamente. Ich werde vergesslich. So richtig wach werde ich auch erst, als gegen Mittag mein Beutel gewechselt wird.

»Wie geht es dir, Sina?«, fragt Pfleger Sven und zieht besorgt die Stirn in Falten, als er sich die Werte in meiner Bluttabelle anschaut. »Frau Dr. Fenn schaut noch mal drauf, aber deine Leberwerte sind ganz schön gestiegen. Das müssen wir auf jeden Fall beobachten.« Er nimmt den großen Wasserbeutel vom Infusionsständer und hängt einen neuen dran.

Unglaublich, dass schon wieder fünf Liter Wasser in mich reingeflossen sind.

»Was macht die Übelkeit? Du bist ein bisschen grün im Gesicht.«

Ich kann kaum antworten vor Angst, dass ich mich sonst übergeben muss. Stattdessen rolle ich mit den Augen.

»Vomex?«, fragt er.

Ich nicke. Lieber wegdämmern, als diese Übelkeit ertragen. Sven verschwindet und ich setze mich ächzend auf.

Die Sonne wirft ihr diffuses Licht ins Zimmer und lässt den Raum etwas freundlicher erscheinen. Luise neben mir liegt mit geschlossenen Augen im Bett und hat die Hände auf dem Bauch gefaltet. Sie muss gespürt haben, dass ich sie anstarre, denn irgendwann dreht sie den Kopf und sieht mir direkt in die Augen.

»Alles klar?«, fragt sie und ihre Stimme ist dünn.

Ich überwinde mich, den Mund zu öffnen. »Geht. Und bei dir?«

»Ebenso. Kopfschmerzen und Schwindel. Und Übelkeit.« Bei ihr läuft heute noch mal Chemo, bei mir nicht. Ich muss trotzdem bleiben, bis meine Werte besser sind.

»Ella wollte nachher vorbeikommen, ist das okay?«

Ich rümpfe die Nase.

»Ansonsten gehe ich hoch zu ihr«, schiebt Luise schnell hinterher.

Als sie das sagt, durchfährt mich kurz ein Stich. Allein will ich nicht sein, schon gar nicht allein mit meiner Mutter, die sicher bald wieder auf der Matte steht.

»Nee, sie soll ruhig kommen«, sage ich dann mit etwas weinerlicher Stimme.

In dem Moment öffnet Sven die Tür. »So, damit sollte es dir bald etwas besser gehen«, sagt er und hängt mir ein Fläschchen mit Vomex an. »Und dann hab ich dir noch das hier mitgebracht.« Er hält mit erhobenen Augenbrauen eine Ingwerknolle in die Luft.

»Was soll das denn?«, frage ich schlapp.

»Einige Leute schwören darauf, dass Ingwer besser bei

Übelkeit hilft als jedes Medikament. Willst du mal probieren?« Ich rümpfe die Nase, willige aber ein. Er hat ein kleines Messer mitgebracht und schält mir ein Stück Ingwer. »Einfach kauen«, erklärt er.

Skeptisch beginne ich, den Ingwer zu zerbeißen und merke sofort, wie gut diese Schärfe mir tut. Ich muss überrascht geguckt haben, denn Sven lacht.

»Ich lasse dir die Knolle mal da.« Er legt sie zusammen mit dem Messer auf einem Teller ab.

Kurz darauf dämmere ich wieder weg, den Geschmack von Ingwer auf der Zunge.

Als ich aufwache, steht das Mittagessen auf dem Tisch und meine Mutter sitzt auf der Bettkannte und hält meine Hand. Schlaftrunken schüttle ich sie ab. Es geht mir besser.

»Hey, Sina.« Ella hat es sich auf Luises Bett bequem gemacht und ihren eigenen Infusionsständer mitgebracht. Ihre Chemo hat eine fiese gelbe Farbe.

»Hey«, entgegne ich matt und bemühe mich dann direkt wieder um ein unfreundliches Gesicht.

»Schau mal, was ich dabeihabe, Prinzessin.« Meine Mutter wühlt in ihrer roten Handtasche und zupft mit langen Fingernägeln meine Perücke hervor.

Ich verdrehe die Augen.

»Ich dachte, du brauchst sie bestimmt hier. Ich habe sie gewaschen und gekämmt.«

Sie meint es wirklich gut, aber ich hasse diese Perücke. Wenn ich es mir recht überlege, dann ist es ihr unangenehmer, dass ich keine Haare habe, als mir selbst. Die Perücke habe ich bisher nur getragen, wenn sie es sich ausdrücklich gewünscht hat und wir zusammen unterwegs waren. Vor anderthalb Jahren.

»Mama, bin ich dir mit Glatze peinlich?«, frage ich herausfordernd.

Meine Mutter zuckt zurück. »Aber Prinzessin, natürlich nicht …« Ihr steigen schon wieder Tränen in die Augen, hängen sich in die schwarz getuschten Wimpern, und sofort tut es mir leid.

»Sina, ich habe direkt mal eine Frage«, funkt plötzlich Luise dazwischen und sieht mich an. »Weißt du, wie man an Perücken rankommt? Die Krankenkasse zahlt eine, und Ella und ich dachten, wir könnten zusammen welche aussuchen.«

Ich checke sofort, dass Luise das sagt, um den drohenden Streit zwischen mir und meiner Mutter zu beenden, und irgendwie ist das nett von ihr.

»Ich hole mir mal einen Kaffee aus der Cafeteria«, flüstert meine Mutter mit wackeliger Stimme. »Brauchst du was, Prinzessin?« Ich schüttle den Kopf und sie verlässt den Raum.

Ella und Luise blicken ihr kurz nach.

»Also, die Krankenkasse zahlt so ungefähr 700 Euro bei bestimmten Kooperationsshops«, erkläre ich. »Hast du einen Laptop da?«

Luise greift neben sich und klappt ihren Computer auf.

Ich wanke zu den beiden und hocke mich zu ihnen aufs

Bett. Dann tippe ich ein paar Sachen ein und klicke auf einen Laden. »Der hier zum Beispiel ist in der Nähe und da steht, dass die Krankenkassen ihn anerkennen.«

»Ah, cool«, sagt Ella und rückt etwas näher, damit sie besser auf den Bildschirm schauen kann. »Für 700 Euro kriegt man doch bestimmt ein Echthaar-Teil, oder?«

Ich pruste. »Nee, wenn du etwas mit einer Länge über Kinn haben willst, kriegst du, wenn du Glück hast, eine vernünftige Kunsthaarperücke.«

Die beiden schauen mich verdutzt an. Ella zupft an ihrem braunen Zopf. Sie müssen noch so viel lernen.

»Und juckt die?«, hakt Luise nach. Sie zieht ihr Tuch vom Kopf und reibt sich über die helle Kopfhaut.

»Nach einer Weile schon, aber du kannst auch so eine ganz dünne Mütze darunterziehen.«

Ich greife mir den Laptop und klicke auf die Modelle, die der Shop anbietet. Sofort sind die beiden Feuer und Flamme und klicken sich durchs Angebot.

»Wollen wir da die Tage mal hingehen, wenn wir wieder fit sind?«, schlägt Ella vor.

Ich gähne demonstrativ. »Ich hasse Perücken. Und ich habe ja auch schon eine.«

»Ich komme gerne mit«, lächelt Luise. »Sollen wir nächste Woche Freitag anpeilen? Dann sind wir schon ein paar Tage zu Hause und hoffentlich so erholt, dass wir das machen können.«

In dem Moment klopft es kurz an der Tür und Frau Fenn kommt ins Zimmer.

»Hallo?!«, fragt sie irritiert, als sie uns zu dritt auf dem Bett hocken sieht.

»Äh, ich … hi …«, verhaspelt sich Ella. »Ich bin zu Besuch.«

Frau Fenn zieht einen Mundwinkel hoch. »Und du hast dir aus Fairness deinen eigenen Infusionsständer mitgebracht?«

Ella lacht. »Nee, ich bin bei den Erwachsenen. Aber da … sind nur alte Leute.«

Jetzt lächelt Frau Fenn richtig. »Na dann, herzlich willkommen. Solange dich die Kolleginnen von unten erreichen und alles abgesprochen ist, kannst du natürlich gerne hier sein.«

»Die wissen Bescheid.« Dass Schwester Sonja mich bei jeder Gelegenheit dazu anstiftet, von der Station zu verschwinden, verschweige ich lieber.

»Sina, ist es okay, wenn ich vor den anderen kurz die Blutergebnisse bespreche?« Jetzt wendet sie sich an mich. Ihre Augen sind wirklich sehr rund, und obwohl ich mich dagegen wehre, mag ich diese Ärztin.

»Klaro.« Ich setze eine kühle Miene auf.

»Also, deine Leukozyten sind okay, aber die Leberwerte sind zu hoch, um dich noch diese Woche zu entlassen. Wir würden dich gerne hierbehalten, bis das wieder in Ordnung ist.«

Ich nicke knapp. Eine Wahl habe ich nicht.

»Und du, Luise, du kannst, wenn alles gut läuft, übermorgen heim.«

»Yes!« Luise ballt siegreich eine Faust.

»Dann euch einen schönen Nachmittag.« Frau Fenn steht auf und lächelt uns noch mal an. »Und wenn ihr irgendetwas braucht, egal was, meldet euch. Wir tun alles, um euch die Situation so angenehm wie möglich zu gestalten.«

Luise

Ich schaue nervös auf mein Handy, während der Bus sich durch die überfüllte Stadt schlängelt. Vorhin im Bad habe ich mein Spiegelbild betrachtet und mich wie jedes Mal vor der blassen Glatze mit den wenigen Fusseln drauf erschreckt. Wenn ich meinen Kopf ein bisschen drehe, kann ich fast die lange Narbe an meinem Hinterkopf sehen. Die Beule mit dem Chemo-Zugang für den Kopf ist auch gut sichtbar. Ich bin unsicher, ob ich mich jemals an den Anblick gewöhnen werde. Vielleicht ist eine Perücke wirklich eine gute Idee.

Der Bus fährt eine scharfe Kurve und ich werde gegen einen fremden Mann gedrückt. Mist, schon zehn Minuten zu spät! Ella wartet bestimmt und sie hat mir geschrieben, dass ihr Immunsystem nach der letzten Gabe nicht auf Höhe ist. Ich rücke mein Kopftuch zurecht. Noch zwei Haltestellen.

Sorry, bin ich gleich da.

Wir haben jetzt tatsächlich einen Dreierchat, und auch wenn Sina immer betont distanziert bleibt, hat sie Spaß daran, im Krankenhaus zusammen Serien zu schauen. Das kann sie kaum verbergen.

»Okay, wir können diesen Chat machen, aber nur, weil ich die Absprachen zum Gucken mitbekommen will«, hat sie gesagt und ihre Handynummer rausgerückt.

Per Chat hat Sina für heute aber schon angekündigt, dass sie eigentlich keine Lust auf diesen Perücken-Laden hat. Ich glaube nicht, dass sie kommt.

Noch eine Haltestelle. Ich stehe schon mal auf und drücke dann den Stopp-Knopf. Endlich da!

Ein Junge in meinem Alter glotzt unverhohlen auf mein Kopftuch. Ich schiebe mich zwischen drei großen Menschen durch und springe aus dem Bus. Die Haltestelle ist direkt vor dem Laden *Haartracht*, im Schaufenster stehen Puppen und einzelne Köpfe mit falschen Frisuren. Alles eher omahaft, kurze Löckchen oder 80er-Frise mit Pudelpony.

»Arg …«, mache ich unwillkürlich. Im Hintergrund rauschen die Autos vorbei.

»Na, nicht dein Geschmack?« Ich zucke zusammen. Neben mir steht Ella und tippt mir auf die Schulter.

Ich lache. »Geht so.«

Die Menschen hasten an uns vorbei, in Anzügen und auf hohen Schuhen, wir sind in der Bürogegend der Stadt. Da erst fällt mir auf, dass Ellas dunkelbrauner Zopf gar nicht unter ihrem Kapuzenpulli hervorlugt.

Ich deute auf ihren Kopf. »Schon ab?«

Ella seufzt. »Meine Mama war ja noch nach der Chemo ein paar Tage da. In der Zeit sind so viele Haare ausgefallen, dass es mich richtig genervt hat, da hat sie mir alles abrasiert.«

»Darf ich mal schauen?«

Ella sieht sich etwas verstohlen um, aber niemand auf

der breiten Hauptstraße beachtet uns. Sie schiebt die Kapuze vom Kopf. Wenige Millimeter lange Haare bedecken ihre Kopfhaut, allerdings schon mit großen komplett kahlen Inseln. Schnell setzt Ella die Kapuze wieder auf.

»Passt doch ganz gut, dass wir jetzt hier sind«, sagt sie ein bisschen zu heiter, hängt sich bei mir ein und will mich in den Laden ziehen, da ruft plötzlich jemand: »Halt!«

Wir drehen uns um. Sina steht vor uns, das Kinn entschlossen vorgereckt und die Jacke zu groß für ihren dünnen Körper.

»Oh, Sina«, sage ich überrascht. »Was machst du denn hier?«

»Na, Perücken shoppen, dachte ich.« Ihr Mundwinkel zuckt, sie hat blaue Ringe unter den großen Augen.

»Ich dachte, du willst nicht ...«, hakt Ella ein.

»Ich will meine Mutter ärgern. Jetzt rein da!«

Wir verbringen mehrere Stunden in dem Laden. Während Ella und ich uns von einer älteren Dame mit knotigen Händen und einem Rücken wie ein Fragezeichen beraten lassen, schießt Sina zielsicher auf einen Herrn zu, der offensichtlich ein Toupet trägt, das nicht ganz seiner Haarfarbe entspricht. Sina lässt sich von dem Herrn ausschließlich die buntesten, verrücktesten und schrägsten Perücken raussuchen, die der Laden vorweisen kann.

Als sie mit einer blauen Fransen-Frisur in der Kabine verschwindet und Ella ihr mit offenem Mund nachblickt, sagt sie nur trocken: »Zahlt doch die Krankenkasse.«

Ella und ich beobachten das ganze Spektakel fassungslos und kümmern uns dann schnell wieder um unsere eigene Auswahl. Wir haben Fotos mitgebracht und zeigen der Frau, wie unsere Haare normalerweise aussehen.

»Dieses Rot ist aber ungewöhnlich«, sagte die Frau an mich gewandt. »Diese Mischung aus Paprika und Aubergine … ich weiß gar nicht, ob wir so eine … außergewöhnliche Farbe haben.«

Ella und ich werden in eine kleine Kabine mit Spiegel gesetzt, durch dicke Vorhänge von den anderen getrennt, während die Frau im Laden rumpelt und dann mit drei Schuhkartons wiederkommt.

»Also, wir haben diese hier«, sie zieht eine heftige Lockenpracht in tiefem dunkelrot aus dem Karton, »diese«, eine rote Perücke mit dunklem Ansatz, »und diese«, eine, die meiner Farbe einigermaßen entspricht, aber eine kurze Fransenfrisur ist.

»Hm …« Ich betrachte die Auswahl etwas skeptisch.

»Probier doch mal«, ermuntert mich Ella.

Ich starte mit der Kurzhaarperücke. Wir müssen beide prusten, als ich sie aufgesetzt habe. »Ich sehe aus wie meine Tante Irene«, lache ich und nehme das Teil schnell vom Kopf.

»Dann mal die«, die Frau reicht mir die zweite Perücke. Der Schnitt gefällt mir, aber das mit dem dunklen Ansatz ist komisch.

»Warum ist der Ansatz schwarz?«, frage ich nach.

»Nun ja«, die Frau windet sich etwas und verschränkt

ihre Hände ineinander, sodass die vielen Ringe aneinanderklimpern. »Es gibt kaum Menschen mit dieser natürlichen Haarfarbe. Sie sind da wohl eine Ausnahme.«

Ach so. Ich probiere die letzte an. Sie sieht eigentlich cool aus, nicht ganz meine Farbe, aber immerhin kann ich den Scheitel in beide Richtungen legen. Etwas zu lockig ist sie vielleicht.

»Gibt es die in glatter?«, frage ich.

»Oh, ich kann sie etwas glatter föhnen!«, bietet die Frau sofort an und entschwindet flink im Laden, sodass der Vorhang unserer Kabine nur noch hinterherschwingen kann.

Ella und ich werfen uns einen Blick zu und müssen beide ein lautes Lachen unterdrücken.

»Hey, ihr zwei, seid ihr da drin?«, tönt Sinas Stimme durch den Vorhang.

Ich reiße ihn auf und Sina steht in einem großen Hoodie und mit einer lila Perücke vor uns und grinst uns schief an.

Ella guckt erschrocken, aber ich finde sie großartig.

»Mama wird sie hassen«, grinst Sina schelmisch. Hinter ihr taucht der Mann mit dem schrägen Toupet auf. »Die anderen auch noch mal?«, fragt er in unterwürfigem Ton. Klar, er will hier Plastikhaare für 700 Euro verkaufen.

»Ja!« Sinas Augen leuchten. Sie zieht die lila Fransen vom Kopf und lässt sich eine blaue Lockenpracht reichen.

Jetzt ist Ella aufgetaut und schüttelt den Kopf. »Nee, zu sehr 80er.«

Sina nickt ernsthaft. »Das habe ich mir auch gedacht.«

Inzwischen hat sich eine kleine Menschenmenge um

uns herum gebildet. Zwei alte Damen sprechen von ihren persönlichen Lieblings-Zweitfrisuren und sehen Sina ärgerlich an.

Sina streckt den Arm raus und lässt sich eine rote Perücke mit asymmetrischem Pony geben.

»Ganz cool, aber die schwarzen Strähnen sind irgendwie zu viel.«

Sina nickt eifrig. »Alles klar. Dann hier mein Favorit.« Sie zieht sich eine grüne kinnlange Perücke über die helle Glatze, deren Spitzen wie in dunkelblaue Farbe getaucht aussehen.

»Wow«, entfährt es mir. »Sina, das sieht richtig gut aus!«

Sina strahlt. Ich habe sie bisher noch nie so fröhlich gesehen wie mit der grün-blauen Frisur auf dem Kopf.

In dem Moment kommt meine Verkäuferin zurück, in der Hand die rote Perücke. Sie hat tatsächlich einen Großteil der Locken rausgeföhnt, sodass stattdessen sanfte Wellen entstanden sind.

Ich ziehe sie mir über den Kopf. Die Traube um Sina löst sich langsam auf.

Sina nickt knapp. »Solide«, urteilt sie. »Bisschen spießig, aber kommt deiner Ex-Frisur recht nah.«

Ich strecke ihr die Zunge raus und sie grinst.

»Mehr in der Farbe haben wir leider auch nicht«, sagt die Verkäuferin. Auf ihrer Stirn stehen Schweißperlen. »Ich könnte natürlich noch welche bestellen …«

»Ach, nein«, entgegne ich. »Ich nehme die.«

Die Frau sieht erleichtert aus. »Wundervoll!« Sie schüttelt

mir enthusiastisch die Hand, als hätte ich einen Preis gewonnen. »Und nun zu dir.« Sie wendet sich an Ella und betrachtet dankbar das Foto mit den dunkelbraunen Haaren. Ella ist sicher eine leichtere Kundin als Sina oder ich. Für sie gibt es eine riesige Auswahl in ihrer Farbe, und am Ende schwankt sie zwischen einer Perücke mit stufig geschnittenen schulterlangen Haaren und einer mit etwas längeren und Seitenscheitel.

»Die erste«, wirft Sina ein und die wird es dann tatsächlich auch.

Wir gehen alle drei zur Kasse, unser Rezept in der Hand.

»Wir wünschen viel Spaß damit«, säuseln die nervöse Frau und der Toupet-Mann mit eingefrorenem Lächeln. Was sagt man im Angesicht von drei krebskranken Mädchen?

Ich wiederum bin wirklich gut gelaunt, als wir auf die Straße treten und uns in den ersten aufziehenden Herbstwind stellen. Dann werfe ich einen Blick auf mein Handy. »Oh, Mist«, rufe ich. »Mein Papa hat versucht mich anzurufen, in einer halben Stunde gibt es bei uns Gemüselasagne zu Mittag.« Ich überlege kurz. »Habt ihr Lust, mitzukommen?«

Sina hat wieder ihr missmutiges Gesicht aufgesetzt, in der linken Hand den Beutel mit der neuen Perücke. »Nee, ich muss zurück ins Krankenhaus.«

»Was?!«, entfährt es mir.

»Die Leberwerte. Ich wurde noch nicht entlassen.« Sie kratzt sich am Kopf.

»Und da bist du einfach abgehauen?« Ich höre selbst, wie fassungslos meine Stimme klingt.

»Hatice weiß Bescheid«, antwortet Sina knapp. »Ich muss bis zum Schichtwechsel wieder auf Station sein. Ciao!« Und ohne sich noch einmal umzusehen, überquert sie die Straße und steigt in den Bus Richtung Krankenhaus.

Ella

»Ich bin zu Hause!«, ruft Luise, während sie mit klimperndem Schlüssel die Wohnungstür öffnet.

»Ah, Luise, Mascha hat vorhin angerufen, kannst du …?« Mit verwuschelter Frisur kommt Jakob um die Ecke, nur mit T-Shirt und Unterhose bekleidet. Als er mich sieht, wird er kurz rot und stolpert rückwärts. »Äh, sorry …«, stammelt er, dann verschwindet er im Bad.

Wie erstarrt blicke ich ihm hinterher.

»Na komm schon«, ruft Luise, und ich sehe erst jetzt, dass sie bereits ein paar Meter in dem kleinen Flur vorangegangen ist.

Ich ziehe mir die Schuhe aus und laufe ihr über den dicken Teppich hinterher. Es riecht nach angebratenen Zwiebeln und Käse.

»Papa, ich hab Ella mitgebracht.«

Der Flur mündet in einer gemütlichen Wohnküche, und ein Mann mit dicken Brillengläsern steht in Schürze vor dem Backofen und holt gerade eine Auflaufform heraus.

»Oh, hallo, Ella«, sagt er, »toll, dass du vorbeikommst.«

»Ich hab ihnen von dir erzählt«, erklärt Luise, dann stolpert auch Jakob wieder ins Zimmer. Er trägt jetzt eine schwarze Jeans und einen Pulli.

»Kommt, Kinder, das Essen ist fertig.« Luises Vater deutet auf den gedeckten Tisch, und ich lasse mich neben Luise auf einen der weißen Küchenstühle fallen. »Schön, dass wir dich mal richtig kennenlernen«, sagt er, während er uns allen großzügige Lasagne-Stücke auftut. »Ich bin Ludwig.«

Jakob grinst mich ein bisschen schief an, und jetzt bin ich die, die rot wird. Irritiert blickt Luise zwischen ihm und mir hin und her, runzelt die Stirn, grinst ebenfalls und sticht dann mit der Gabel in ihre Lasagne.

»Ella, kannst du mir mal das Salz reichen?«, fragt Jakob und sieht mich aus seinen warmen dunklen Augen an.

»Klar«, meine Stimme klingt etwas zu hoch. Als ich ihm das Salzfässchen reiche, berühren sich unsere Finger. Seine sind weich und trocken. Ich habe den Impuls, meine Hand zurückzuziehen, doch ich lasse es und eine Sekunde länger als nötig halte ich das Salz fest.

Als ich am Abend wieder zu Hause bin, setze ich mich bei Svea ins Zimmer. Svea hängt ihre Wäsche auf und hört zu, als ich ihr von meinem Tag erzähle.

»Das kann doch echt nicht wahr sein!«, schimpfe ich. »Ich hab Krebs, ich hab keine Haare, in wenigen Wochen wird mir mein komplettes Knie entfernt, und ich hab keine Ahnung, ob ich das alles überleben werde … und dann lass ich mich von einem *Typen* durcheinanderbringen?!«

Svea lacht laut auf und ein nasser BH fällt ihr aus der Hand. »Also erstens«, beginnt sie, »natürlich wirst du *das* überleben. Und zweitens«, jetzt hebt sie einen Finger, »ist das doch ein gutes Zeichen, wenn du im Hinblick auf deine Situation so etwas wie … Teenie-Verliebtheit spüren kannst.«

»Höre ich da Teenie-Verliebtheit?!«, ruft Ayla durch den Türspalt und schlüpft hindurch. Sie umarmt mich und ihre schwarzen Locken kitzeln meine Nase. »Erzähl mal!«

»Nein, es ist keine Teenie-Verliebtheit …«, beginne ich.

Svea hebt die Augenbrauen und hängt eine nasse Jeans über ihr Hochbett.

»Es ist mehr …« Ich ringe nach Worten. »Ich bin verwirrt.«

Ayla sieht Svea wissend an und die beiden nicken sich zu. »Klarer Fall von Teenie-Verliebtheit.«

»Nein, nein«, wiegle ich ab, aber meine Mitbewohnerinnen fangen schon an zu gackern. »Ihr seid doof!« Doch ich grinse.

»Hey, soll ich euch meine Perücke zeigen?«, lenke ich schnell ab.

»Klar!«, ruft Ayla.

Ich gehe kurz rüber in die WG-Küche und nehme den Beutel aus meinem Rucksack. Im Bad stelle ich mich vor den Spiegel und ziehe mir meine neue Frisur über den Kopf. Faszinierend. Am Haaransatz ist ein dünnes Netz, an dem einzelne Haare befestigt sind, sodass es eigentlich ganz natürlich aussieht. Die Farbe trifft meine einigermaßen, es sieht nur so aus, als hätte ich mir die Haare etwas abgeschnitten. Irgendetwas in mir beruhigt sich, als würde sich eine Woge glätten. Das große Portpflaster klebt nicht mehr unter meinem Schlüsselbein, einzig ein Hügel und eine kleine Narbe sind zu sehen. Diese Haare machen mich wieder unsichtbar. Wenn ich rausgehe, dann merkt niemand etwas. Ich bin wieder ich, und wann immer ich es will, werde ich in dieser Stadt unterwegs sein, ohne angestarrt zu werden.

Als ich zu meinen Mitbewohnerinnen zurückkomme, pfeift Svea durch die Zähne. »Sieht richtig gut aus, und total echt!«, sagt sie bewundernd. »Darf ich mal anfassen?«

»Klar.« Die beiden streichen sanft über die Frisur. »Wenn man es weiß, fühlt man schon, dass es keine richtigen Haare sind. Aber täuschend echt«, fügt Ayla hinzu.

Ich ziehe die Perücke ab und reiche sie den beiden. Es ist gut, eine WG wie meine zu haben. Meine beiden Mitbewohnerinnen haben sich sofort bereit erklärt, alles zu tun, damit ich die Therapie hier machen kann. Mehr putzen, Grippeimpfung, kein Essen mehr stehen lassen, keine kranken Menschen nach Hause mitbringen und den Müll oft leeren.

»Ella, hast du morgen deinen Termin?«, fragt Ayla mich dann.

»Ja, genau.« Zwischen den Chemo-Blöcken soll ich einmal pro Woche zur Blutabnahme ins Krankenhaus kommen, um die Werte zu überprüfen.

»Mein Seminar morgen fällt aus, wenn du willst, dann begleite ich dich.«

In mir breitet sich ein warmes Gefühl aus. »Das wäre toll!«

Ayla grinst. »Wann ist Abfahrt?«

»Ich hab um elf den Termin. Eine halbe Stunde vorher?«

»Alles klar.« Wir lächeln uns an. Mein Handy vibriert.

»Skype-Date mit meinen Eltern«, sage ich und erhebe mich vom Sofa. »Danke, dass ihr da seid!«

Svea wirft mir eine Kusshand zu, und ich gehe in mein Zimmer, um den Laptop aufzubauen.

Oktober

Sina

Meine Eltern holen mich ab, als ich endlich nach Hause darf. Ich bin fast eine Woche länger geblieben als geplant und fühle mich eigentlich ganz gut, die Übelkeit ist weg, nur die Leber wollte noch nicht so ganz.

Nachdem mir Frau Fenn meinen Brief mitgegeben hat, warte ich mit gepackter Tasche, bis meine Eltern kommen.

»Meine Prinzessin!« Mama drückt mir einen feuchten Kuss auf die Wange. »Endlich können wir dich mitnehmen!«

»Wir haben dich vermisst!« Auch Papa gibt mir einen Kuss auf die Mütze. »Was wollen wir machen? Gleich nach Hause oder sollen wir noch etwas essen gehen?«

»Ein Eis wäre großartig«, kann ich mir nicht verkneifen.

Ich sehe, wie Mama die Luft anhält und den Mund zusammenkneift. »In der Nähe gibt es eine schöne Eisdiele.«

Papa wirft Mama einen warnenden Blick zu.

»Aber der Zucker, Sina …«, zischt sie, und ich sehe sie herausfordernd an.

»Ich liebe Zucker.«

»Sibylle, nein …«, sagt Papa leise. »Zu Hause gibt es doch nur noch gesundes Essen. Lass uns jetzt bitte ein kleines Eis essen gehen.«

Mama atmet tief durch. »Auf deine Verantwortung,

Friedrich.« Sie wirft das blonde Haar nach hinten und greift nach der Reisetasche. »Ach, Sina.« Jetzt lächelt sie mich so zuckersüß an, dass mir das Eis nichts mehr anhaben kann. »Was hältst du davon, deine Perücke im Café anzuziehen?«

Ich wusste, dass das noch kommt. Zu Mamas Erstaunen lächle ich ebenso süß zurück. »Gern.«

Ich ziehe den Beutel aus meiner Reisetasche und verschwinde im Bad.

Als ich wieder herauskomme, sieht Mama mich völlig entgeistert an. »Sina, was ist das auf deinem Kopf …?!«

Papa lacht schallend.

»Na, meine neue Perücke. Gehen wir?«

Als Papa und ich im Eiscafé sitzen, bleibt Mama im Auto. Das wollte ich natürlich auch nicht.

»Sina, musst du deine Mutter immer so provozieren?«, fragt Papa tadelnd. Aber so ganz kann er sich das Grinsen auch nicht verkneifen.

Ich schnaube. »Sie provoziert mich. *Ich* habe Krebs, nicht sie.«

Das sitzt. Er sagt nichts mehr. Ich lehne mich in meinem Stuhl zurück und genieße die warmen Oktobersonnenstrahlen. Ich bekomme mit, wie Papa aufsteht, zum Auto schlendert und gegen die Scheibe klopft. Von Ferne höre ich meine Eltern diskutieren.

Nach ein paar Minuten knallt die Autotür und die hohen Schuhe meiner Mutter klackern über das Pflaster.

Als ich wieder aufschaue, sitzen meine Eltern neben mir am runden Tisch.

»Einen Espresso, bitte«, bestellt meine Mutter beim Kellner mit spitzen Lippen.

»Ein doppeltes Spaghetti-Eis«, verlange ich, und Papa ordert einfach drei Kugeln Schoko.

Meine Mutter kippt ihren Espresso runter und schaut mir den Rest der Zeit mit verkniffener Miene dabei zu, wie ich mein Eis verschlinge. Am Ende ist mir schlecht, aber das lasse ich mir natürlich nicht anmerken.

Die nächsten zwei Wochen verkrieche ich mich wieder in meinem Zimmer. Auf der Terrasse kann ich nicht mehr liegen, dafür ist es jetzt zu kalt. Einmal kommt meine Tante zu Besuch. Von Lisa habe ich noch immer nichts gehört, und wenn ich an sie denke, sticht es mich in der Brust. Dafür lese ich öfter etwas von Luise und Ella. Ich schreibe zwar selbst fast nie etwas, aber insgeheim warte ich immer darauf, dass etwas in dem Chat passiert.

Die beiden haben angefangen, Musik in unsere Gruppe zu posten und eine Playlist zu erstellen.

Luise war die Erste, sie hat diesen uralten *Destiny's-Child*-Song *Survivor* reingepackt. Da musste ich schon ein bisschen lächeln. *Hoffentlich*, denke ich, *hoffentlich*.

Meine Behandlung hat sich so weit verzögert, dass Ella schon wieder im Krankenhaus ist und uns Kotz-Smileys schickt und Sprachnachrichten, in denen sie sich über die alten Frauen im Zimmer beschwert.

Zwei Tage später ist auch Luise wieder auf Station, aber dieses Mal wird sie länger bleiben, weil sie bei diesem Zyklus andere Medikamente bekommt.

Und in mir drängt sich das seltsame Gefühl auf, dass ich auch will, dass es bei mir weitergeht. Zumindest lieber als am Ende ganz allein im Krankenhaus zu liegen.

Ich verbringe meine Tage mit Serien und den aufgezwungenen Smoothies meiner Mutter.

Beim nächsten Zyklus kommt Papa mit ins Gästehaus und Mama bleibt zu Hause. Darauf freue ich mich schon ein bisschen.

Und dann ist es so weit. Wir setzen uns ins Auto und machen uns auf den zweistündigen Weg ins Krankenhaus. Ich habe mich gut erholt, bin nicht krank geworden und so bereit für die nächste Runde, wie man nur sein kann.

Als wir ankommen, gehe ich direkt in die Anmeldung, gebe meine Überweisung ab. Ich weiß, wie das läuft. Papa wartet mit der Tasche draußen.

In dem Moment kommt Frau Fenn mit einem Stapel roter Akten ins Zimmer.

»Ach, Sina, da bist du ja.« Sie lächelt.

Ich räuspere mich. »Ähm …« Ich stehe auf und greife meine Akte, die mir der Mann in der Anmeldung hinlegt. »Mit wem bin ich denn in einem Zimmer?«

Frau Fenn schaut auf einem Zettel in ihrer Hand nach. »Wenn ich es richtig sehe, dann mit einem achtjährigen Mädchen, Leila, du kennst sie wahrscheinlich noch nicht.«

»Uuund … ist bei Luise noch etwas frei?«

»Luise Leimbacher?«

»Hmhm.« Wenn ich es mir richtig gemerkt habe, ist Ella schon wieder zu Hause, aber Luise noch mindestens zwei Tage da.

»Na ja, da haben wir ein anderes Mädchen eingeplant, die heute aufgenommen wird. Aber sie ist noch nicht da. Wenn du möchtest, können wir den Bettenplan tauschen.«

»Ja bitte«, sage ich leise.

»Ich organisiere das!« Sie sieht mich fest aus ihren großen Augen an. »Hast du noch etwas auf dem Herzen?«

»Können Sie Luise vielleicht nichts davon erzählen?«

Frau Fenns Mundwinkel zuckt. »Aber klar. Ich sage nichts.«

Luise

Als Sina ins Zimmer kommt, grinse ich. »Du schon wieder.«

Sie schaut mich etwas herablassend an, aber ich kann ihr ansehen, dass sie sich insgeheim freut.

»Ja«, sagt sie. »Dreimal hintereinander in einem Zimmer. Ein echter Zufall.«

Ihr Vater begrüßt mich, wir kennen uns noch nicht. Dann räumt Sina ihre Tasche aus.

»Und, darfst du bald gehen?«, fragt Sina mit einem Unterton, der nicht so beiläufig ist, wie er scheinen soll.

»Übermorgen. Ich soll zur Beobachtung bleiben, aber mir geht es wieder ganz gut.«

Neben meinem Bett steht zur Sicherheit trotzdem noch ein Eimer. Jetzt bemerkt Sina die Fotogirlande über meinem Bett, die Mascha und Verena für mich gebastelt und mir gestern bei ihrem Besuch geschenkt habe.

»Ist die von deinen Freundinnen?«, fragt Sina spitz.

»Ähm, ja …«, entgegne ich verwundert, doch da unterbricht uns Pfleger Sven. »Sina, da bist du ja.« Wie immer hat er die obligatorische Pillenkassette und die Mundspülung für Sina in der Hand. »Bist du nicht in Zimmer zwei?!«

Sina wirft ihm einen warnenden Blick zu, den ich nicht verstehe, und sagt nur: »Nein.«

»Okay.« Sven fragt nicht weiter nach. »Wir spülen dich ab heute Abend, morgen früh sollte die Therapie kommen, und bis dahin hast du heute frei.«

Sinas Vater ist begeistert. »Schätzchen, ist es okay, wenn ich dann heute ins Gästehaus gehe und arbeite?«

Sina nickt großzügig und verabschiedet sich erst mal.

Sven wendet sich derweil an mich. »Wie geht es dir?«, will er wissen.

»Besser«, entgegne ich. »Ein paar Wunden im Mund, aber Schwindel und Übelkeit sind okay.«

Sven nickt zufrieden. »Heute Nachmittag kommt Hatice zur Spätschicht, nachts ist Carola da. Aber wir sehen uns vorher noch mal.«

»Sven?«, fragt Sina dann. »Hast du eigentlich noch Ingwer? Falls mir irgendwann wieder so schlecht wird.«

Er grinst. »Immer«, ruft er und verlässt den Raum.

Ich sinke wieder zurück in meine Kissen. Müde bin ich schon noch.

»Was hältst du davon, wenn wir Ella fragen, ob sie uns besucht und wir zusammen etwas gucken? Vielleicht ist ihr zu Hause langweilig«, schlage ich dann nach einem stillen Moment vor.

Sinas Augen blitzen. Sie schnaubt. »Ich habe eine bessere Idee. Hast du deine Perücke dabei?«

Verstohlen schaut Sina um die Ecke des großen Torbogens und lugt hinaus auf den Vorplatz des Krankenhauses. »Die Luft ist rein«, zischt sie.

»Sina …«, flüstere ich. »So verboten ist es nicht, was wir machen.« Doch bei Sinas Gehabe und der verdächtig großen Sonnenbrille, die sie auf der Nase trägt, entsteht auch in meinem Bauch ein mulmiges Gefühl.

»Und los«, murmelt Sina. »Ganz unauffällig tun.« Mit hochnäsiger Miene und ihrer alten blonden Perücke auf dem Kopf stolziert sie vom Krankenhausgelände.

Ich schleiche ihr hektisch hinterher. Erst als wir an der Bushaltestelle stehen, atme ich aus.

Sina jubelt. »Geschafft!«

»Oh ja, geschafft.« Ich bin außer Atem und muss mich erst mal auf die Gitterbank im Haltestellenhäuschen setzen. Mir ist ein bisschen schwindelig.

»Alles okay?«, fragt Sina hinter der riesigen Sonnenbrille. »Du siehst so blass aus.«

»Geht schon wieder«, presse ich hervor. Auch ich habe meine Perücke an, das dritte Mal überhaupt. Heute ist ein Tag zum Unsichtbarwerden.

Der Bus kommt. Wir steigen ein und setzen uns auf einen Zweierplatz.

»Ich wollte schon immer mal viel zu teure Abendkleider anprobieren«, grinst Sina.

»Und das geht nur, wenn du eigentlich gerade auf der Station sein sollst?«

»Na, sonst ist es ja nur der halbe Spaß.«

Ich stöhne. Worauf habe ich mich da bloß eingelassen? Wir fahren fast eine halbe Stunde, ehe wir in der großen Einkaufsstraße aussteigen. Teuer gekleidete Menschen mit klackernden Schuhen und steifen Hüten füllen die Gehsteige.

»Da vorn ist es!« In glänzenden Buchstaben prangt der Name des riesigen Luxus-Einkaufszentrums an der Hausfassade des prunkvollen Gebäudes. Vor der großen goldenen Eingangstür wartet bereits Ella und grinst uns hektisch zu. Sie umarmt uns, als wir bei ihr ankommen. Auch sie trägt ihre Perücke.

»Wie aufregend!«, lacht sie. »Ich habe den ganzen Tag nur YouTube geschaut, da kam euer Anruf gerade recht.«

Vor der Eingangstür steht ein Portier mit Zylinder und Uniform. Leise Klaviermusik dringt aus dem Prunkbau.

»Ganz schön übertrieben«, sage ich, aber Sina sieht begeistert aus.

»Genau richtig!« Und dann stolziert sie erhobenen Hauptes in das Kaufhaus.

Ella sieht mich mit hochgezogenen Augenbrauen an. »Warum genau will sie das?«

Ich zucke mit den Achseln. »Ich glaube, sie tut gern einfach alles, was verboten ist.«

»Ihr habt nicht gefragt?«

»Nein! Sven denkt, wir sind in der Cafeteria. Bis Hatice zur Spätschicht kommt, sollen wir zurück sein.«

Und dann folgen wir Sina unter den Blicken des Portiers in das marmorgepflasterte Foyer.

»Guten Tag, wir bräuchten drei sehr elegante Kleider in unterschiedlichen Farben. Wir sind Brautjungfern.«

Ich habe noch nie jemanden so überzeugend lügen hören wie Sina. Ohne auch nur eine Miene zu verziehen schmückt sie die Geschichte aus und textet die vornehme Verkäuferin in den sehr hohen Schuhen und mit dem steifen Dutt auf dem Kopf regelrecht zu.

Das ganze Kaufhaus ist voll mit Luxuskleidung, riesigen Spiegeln, goldenen Geländern und blinkenden Aufzügen.

Etwas verschämt tappe ich hinter Sina und der Verkäuferin her, die zielsicher in die Abteilung mit der Abendgarderobe läuft.

»Bei Ihrem Teint und dem hellen Haar würde ich zum Beispiel dieses zarte Rosé empfehlen.« Völlig ernsthaft, als sei Sina eine seriöse Kundin, reicht sie ihr von einer goldenen Stange ein glänzendes Kleid in hellem Rosa.

»Danke, das probiere ich an. Und meine … Schwestern?«

»Sollen die Brautjungfern denn passend zueinander gekleidet sein?«

Ich zucke mit den Achseln und sehe in Ellas ratloses Gesicht. Wahrscheinlich denkt sie auch über Sinas freche Schwestern-Lüge nach.

»Na klar!« Sina reißt das Gespräch wieder an sich.

»Dann empfehle ich Ihnen einfach den gleichen Schnitt in unterschiedlichen Farben.«

Zuerst mustert sie das rote Haar meiner Perücke und sucht mir ein dunkelgrünes Exemplar heraus. Für Luise hält sie ein rostrotes in die Luft.

»Vielen Dank, die probieren wir an.« Sina stampft schon

Richtung Umkleide und wir trotten ihr mal wieder sprachlos hinterher.

»Wenn Sie weitere Hilfe benötigen, bin ich in der Nähe«, ruft die Frau noch, dann verschwindet Sina auch schon in der Umkleide und winkt uns beide kichernd hinter den glitzernden Vorhang.

»Na los!« Sie zieht ihre Jacke, den Pulli und die Hose aus und öffnet den Reißverschluss an ihrem Kleid.

Für drei Personen ist es etwas zu eng in der Umkleide, aber Ella und ich sind noch immer überrumpelt und machen einfach mit.

Ich pelle mich aus meiner Jogginghose und schlüpfe in den glänzenden Stoff. Mein Kleid sitzt ganz gut, Sinas ist eindeutig zu weit und bei Ella passen die Brüste nicht ganz in den Ausschnitt. Als wir zu dritt in den Spiegel schauen, müssen wir lachen.

»Ganz normal sehen wir aus«, bemerkt Ella. »Als wäre nichts.«

»Bis auf die Narben unter dem Schlüsselbein«, fügt Sina hinzu. Das stimmt. An der Portnarbe erkennen wir uns. Sina zückt ihr Handy und macht ein paar Fotos im Spiegel, wir drei in Abendkleidern, blass, aber herausgeputzt.

»Und jetzt ohne Haare.« Es ist Ella, die das vorschlägt. Wir schauen uns an, ziehen die Perücken vom Kopf und betrachten uns im verschnörkelten Spiegel. Ungewohnt, aber auch irgendwie schön. Intuitiv lege ich meine Arme um die beiden und sie lassen es zu, auch Sina. Sie macht noch ein paar Bilder.

»Kann ich Ihnen behilflich sein?«, dringt dann die Stimme der Verkäuferin durch den Vorhang, die wohl bemerkt hat, dass wir uns zu dritt in die Kabine geschlichen haben. »Hören Sie, diese Kleider sind sehr teuer, bitte treiben Sie keinen Schabernack, ich bin sonst gezwungen, den Sicherheitsdienst …«

Mit einem Ruck zieht Sina den Vorhang der Umkleide auf und enthüllt uns, drei Mädchen mit Glatzen in viel zu teuren Kleidern.

Schockiert springt die Verkäuferin zurück. »Huch«, ruft sie, stößt dabei noch den Ständer mit der zurückgegebenen Ware um und verliert einen ihrer High Heels.

»Vielen Dank, die Kleider passen nicht so ganz zu unserer Frisur«, sagt Sina kühl, und ich weiß nicht, ob ich sie verfluchen oder bewundern soll. Sie reißt den Vorhang wieder zu und zischt: »Raus aus den Kleidern, wir gehen!« In Windeseile und mit klopfendem Herzen öffne ich den Reißverschluss, schlüpfe in meine Klamotten und hänge das Kleid auf den Bügel. Wir lassen sie einfach in der Kabine hängen.

»Und los!« Im Stechschritt begeben wir uns auf den Weg zur Rolltreppe, die Perücken ziehen wir im Laufen über unsere Köpfe.

Die Verkäuferin telefoniert und gestikuliert wild. »Stopp!«, ruft sie uns zu.

Das Überraschungsmoment hat uns Zeit geschenkt, aber noch sind wir nicht aus diesem Laden raus.

»Stopp, oder ich rufe den Sicherheitsdienst!« Sie versucht

uns hinterherzustöckeln, dieses Mal wieder auf zwei Absätzen, doch wir tragen Turnschuhe.

»Lauft!«, ruft Sina und wir rennen die folgenden Rolltreppen so schnell hinunter, wie es für mich mit Atemnot und Schlappheit, und Ella mit ihrem Knie geht.

Mein Herz pumpt Blut durch meinen Körper, es rauscht in meinen Ohren, mein Atem pfeift, und dann haben wir es geschafft.

Die Ladentür schließt sich, der Portier blickt uns hinterher und wir rennen noch, bis wir es um die nächste Straßenecke geschafft haben.

Endlich bleiben wir stehen, ich keuche und lehne mich gegen eine Hauswand. Ich bin völlig erledigt.

Ella fängt erst leise an zu glucksen, dann schallend zu lachen, bis ihr Tränen übers Gesicht laufen. »So etwas habe ich noch nie gemacht. Noch nie in meinem Leben.«

»Ich auch nicht«, grinst Sina. »War doch lustig, oder?« Dann blickt sie tatsächlich etwas besorgt zu mir herüber. »Geht es?«

»Geht«, japse ich. In meinem Bauch beginnt es zu rumoren, etwas Saures steigt meine Kehle hinauf und dann übergebe ich mich direkt in einen der akkuraten Büsche, die den Straßenrand säumen.

Eine Frau mit Pudel an der Leine zieht ihn schnell weiter. »Unerhört, diese Jugendlichen. Und das am helllichten Tage.« Missbilligend schüttelt sie den Kopf und rümpft die Nase.

»Anstatt dass Leute mal fragen, ob alles okay ist …«,

regt sich Ella auf, doch ich lege ihr die Hand auf den Arm.

»Lass gut sein«, sage ich matt. »Gehen wir zurück ins Krankenhaus.«

Sina sieht mich etwas schuldbewusst an. »Tut mir leid, das wollte ich nicht.«

»Ach …« Ich winke ab. »Jetzt geht es mir besser. Die Aktion war mein Tages-Highlight. Vielleicht sogar das Beste, was diese Woche passiert ist.« Sina sieht erleichtert aus. Ich wische mir mit einem Taschentuch den Mund ab und wir schlendern zum Bus.

»Was machen wir denn jetzt noch?«, fragt Ella.

Überrascht blicke ich sie an. »Kommst du mit? Auch wenn du gerade krankenhausfrei hast?«

Ella zuckt mit den Schultern. »Klar, wieso nicht?«

»Hm …« Ich überlege. »Wir haben ja einen Fernseher. Ich kann Jakob fragen, ob er mit der Playstation vorbeikommt.«

»Superidee!«, ruft Sina, und damit ist es entschieden.

Ich schaue lieber nicht auf mein Handy. Ich weiß eh, dass wir zu spät sind.

Ella

Als wir die Station betreten, kommt Hatice uns in ihren weißen Schlappen entgegengeeilt.

»Na endlich«, zischt sie. »Ihr seid zu spät.«

Ich sehe, wie Luise zusammenzuckt. »Gibt das Ärger?«

Hatices Gesicht entspannt sich. »Es hat niemand außer Sven und mir mitbekommen. In einer halben Stunde hätte ich Alarm gegeben. Hattet ihr denn eure Handys nicht dabei?«

Mist! Sina blickt auf ihr Display. »Oh no, drei verpasste Anrufe …«, murmelt sie.

Hatice hält sich den Finger an die Lippen und sieht uns aus dunklen Augen verschwörerisch an. »Wenn ihr nichts sagt, sage ich auch nichts.«

Und da fällt ihr Luise, die schlappe Luise, sogar vor Erleichterung um den Hals.

Ich sitze auf Sinas Bett, als Jakob den Raum betritt. Augenblicklich strecke ich meinen Rücken durch und schaue ihn wie gebannt an. Er hat einen großen Rucksack dabei, umarmt erst seine Schwester, dann mich und nach kurzem Zögern auch Sina.

»Ich muss noch einen Moment liegen bleiben«, sagt Luise und schließt die Augen. »Aber bau du doch ruhig auf.«

»Das kann ich doch machen«, sage ich schnell. »Ich bin heute auch nur Gast.«

Letztlich schließen Jakob und ich die Konsole gemeinsam an.

Was soll ich sagen? Komm schon, sag etwas, Ella, hämmert es in meinem Kopf und irgendwann frage ich einfach: »Was für Spiele hast du denn dabei?«

»Vor allem Party-Games und so Pakete für viele Leute«, entgegnet er.

Dann frage ich nichts mehr.

»Was studierst du eigentlich?«, nimmt er wieder das Gespräch auf.

»Mathe«, sage ich, »studierst du auch?«

»Nein. Ich mache jetzt Abi und will erst mal ein Freiwilliges Soziales Jahr machen, und dann mal schauen. Vielleicht eine Schreiner-Lehre.«

»Ah cool, meine Cousine ist auch Schreinerin …«

Und auf einmal geht das Gespräch ganz natürlich weiter, ohne dass ich mich anstrengen muss.

Die Playstation haben wir nebenher längst aufgebaut und merken erst, dass wir schon fertig sind, als Sina »Geht's bald mal los?« ruft.

Da wird Jakob rot und ich setze mich schnell auf Sinas Bett, er nimmt auf Luises Platz. Wir fangen an zu spielen, und wenige Minuten später schaut ein kleiner Junge mit Mütze durch den Türspalt.

»Cool, Playstation!« Er bekommt ganz große Augen. »Kann ich mitspielen?«

»Klar«, sagt Jakob. »Komm rein.«

»Kann mein Freund auch mitmachen?«

Letztlich bringt er noch zwei Jungs und zwei Mädchen mit, die sich alle mit auf die Betten hocken und zuschauen oder spielen.

»Viel besser als der blöde Clown immer«, murmelt ein Mädchen mit dünnem Tuch auf der Glatze, während sie gerade das Cartrennen gewinnt. Auch Sinas Vater kommt am Nachmittag vorbei und spielt mit.

Wenn wir nicht alle Krebs hätten, könnte das einfach ein netter Nachmittag sein.

Erst um neun am Abend schmeißt Hatice irgendwann alle Kinder raus, alle bis auf mich.

»Frau Dr. Fenn hat gesagt, du hast eine Sondererlaubnis«, sagt sie nur, und ich schaue sie überrascht an.

»Habe ich?«

»Hast du.« Sie grinst. Dann bringt sie Sina und Luise ihre Fieberthermometer und lässt sie messen.

»Sechsunddreißig zwei«, ruft Sina.

Hatice nickt und notiert den Wert. »Dann kann es morgen bei dir ja weitergehen.«

»Neunundreißig acht«, sagt Luise mit matter Stimme.

»Was?!« Hatice reißt ihren Block runter. »Warum hast du denn nichts gesagt?«

»Ich habe nichts gemerkt.«

Hatice hat sich wieder gefangen. »Ich geb der Nacht-Ärztin Bescheid. Die kommt gleich noch mal vorbei.«

Die Nachtschicht hat heute lustigerweise Frau Dr. Kowalski, meine Onkologin, die mich verdutzt ansieht, als sie mich auf Sinas Bett entdeckt. »Was machen Sie denn hier?«

»Ich bin zu Besuch.«

»Ach, hier sind Sie, wenn Sie nicht auf Station sind.«

»Fällt das auf?«

»Manchmal.« Sie lächelt. Dann geht sie zu ihrer Patientin, hört Luises Lunge ab, betrachtet ihren Hals und nimmt Blut durch den Port ab.

»Hast du heute etwas Anstrengendes gemacht oder war sonst etwas anders?«, fragt sie mit zusammengezogener Stirn.

Ich denke daran, wie wir die Rolltreppen im Kaufhaus runtergerannt sind.

»Nein«, lügt Luise.

Ich will etwas sagen, aber Sina kneift mir in den Arm.

»Na ja … bin auf dem Gelände etwas gerannt«, behauptet Luise dann. Sina lügt eindeutig besser.

»In Ordnung. Ich schicke das Blut als Express-Anforderung ans Labor, und dann sehen wir weiter.« Sie nimmt die Blutproben mit und bedenkt mich mit einem langen Blick. »Und Sie gehen besser nach Hause, Frau Bauer. Zum Wohl der Patientin.« Sie zwinkert. »Aber auch zu Ihrem Wohl. Wir sehen uns in der Sprechstunde.«

Ich verabschiede mich. »Schreibt mir, wenn ihr mehr wisst«, sage ich noch und sehe Luise besorgt an. Ich habe ein schlechtes Gewissen, weil ich einfach mitgemacht habe, anstatt Sina zu stoppen. Immerhin bin ich vier Jahre älter als sie und außerdem war ich gerade ausnahmsweise nicht mit Medikamenten vollgepumpt.

Draußen wartet mein Fahrrad auf mich. Eigentlich soll ich weder mit dem Fahrrad noch mit den öffentlichen Verkehrsmitteln fahren, aber was bleibt mir anderes übrig, wenn ich mal rauswill. Ich schwinge mich auf den Sattel und rolle in die Dunkelheit.

Sina

Luise bleibt mir länger erhalten als geplant, und leider auf eine Art und Weise, die beängstigend ist.

Ich bekomme am nächsten Morgen meine Chemo, Luise ein Antibiotikum. Ein Keim im Blut, eine Sepsis, eine Blutvergiftung. Jetzt muss schnell ein Medikament gefunden werden.

Heute ist Clown-Tag. Ich habe den Clown mit seinen Luftballon-Tieren natürlich sofort rausgeschickt.

Am Mittag ist mir schon wieder kotzübel und mein Papa kommt. »Ich hab dir ein Laugenbrötchen mitgebracht«, sagt er und setzt sich neben mein Bett. Das Brötchen habe ich mir gewünscht, Lauge vertrage ich bei der Chemo nämlich ganz gut. Salz und Weizenmehl, perfekt. »Aber nicht Mama sagen.«

Ich rolle mit den Augen. »Natürlich nicht.«

Kurz darauf kommt auch Ludwig, der Vater von Luise, ins Zimmer. Luise hat heute wenig gesprochen, essen tut sie kaum, aber zumindest trinkt sie. Wenn ich sie betrachte, überlege ich, ob ich schuld bin. Wobei Frau Fenn meinte, dass sie den Keim im Blut wohl schon länger hat. Aber wer weiß, vielleicht hat die Anstrengung gestern das Ganze zum Ausbruch gebracht.

Ludwig setzt sich an Luises Bett, begrüßt mich und nickt

meinem Vater zu. Muss komisch für Eltern sein, wenn man sich auf dieser Station trifft, um die krebskranken Kinder zu besuchen.

»Mama schaut heute auch noch rein«, sagt mein Papa dann.

»Wieso?« Ich halte mir die Hand vor den Mund. Die Übelkeit schwappt in Wellen meinen Hals nach oben.

»Sie vermisst dich.«

»Dann muss ich das Brötchen wohl vorher aufessen.« Ich grinse schwach.

Im Laufe des Tages versuche ich zu schlafen, mein Vater sitzt auf einem Stuhl neben meinem Bett und liest. Am Rande bekomme ich mit, wie Frau Fenn immer wieder zu Luise geht.

Heute Morgen war das Fieber bei fast einundvierzig Grad, deshalb hat sie fiebersenkende Mittel bekommen, doch wenige Stunden später steigt die Temperatur wieder.

Als ich einmal auf den Gang schlendere, höre ich Schwester Carola und Frau Fenn flüstern. Ich schnappe nur Wortfetzen auf: »Sepsis … gefährlich … neues Antibiotikum, schnell …« Doch als sie mich bemerken, verstummen sie sofort. Mein Hals schnürt sich zu.

Bei meinem ersten Krebs war ich auch mit einem Mädchen im Zimmer, das eine Sepsis hatte. Sie ist daran gestorben.

Ich schiebe meinen Infusionsständer in das kleine Bad und schalte das Licht an. Es riecht muffig und nach Desinfektionsmittel. Die Lampe taucht den gefliesten Raum in ein grünliches Licht und ich vergrabe mein Gesicht in der Hand, während der nach Medikamenten stinkende Urin aus mir rausläuft. Bei dem Geruch wird mir schlecht, ich drehe mein Gesicht zur Seite und übergebe mich ins Waschbecken. Ich fühle mich wie in Trance. Vielleicht ist das auch ganz gut so. Sonst würde mich das mit Luises Sepsis sicher mit einer stärkeren Wucht treffen. Ich spüle und lasse Wasser in das Waschbecken laufen. Sogar das Leitungswasser stinkt. Die Chemo macht mich geruchsempfindlich.

Im Spiegel sehe ich tief liegende Augäpfel, aufgequollene Wangen und trockene Lippen. Und plötzlich füllen sich meine roten Augen mit Tränen. Warum passiert mir das? Warum passiert uns das, warum Luise, warum Ella, die nach der OP nie wieder normal laufen wird, warum uns? Und warum meldet sich Lisa nicht?

Meine Mutter kommt am Nachmittag, sie ist extra zwei Stunden mit dem Auto hergefahren.

Jetzt hauen die Nebenwirkungen der Chemo voll rein. Ich starre an die Decke und weiß nicht, ob ich mich tot oder lebendig fühle. Mama streichelt meine Hand und ich lasse es zu. Meine Lider sind schwer, und wenn ich es schaffe, sie zu öffnen, blicke ich in den Schmerz auf den Gesichtern meiner Eltern. Gestern bin ich noch durchs Kaufhaus gerannt. Heute schaffe ich es nicht mehr, mich allein zu waschen.

»Prinzessin«, seufzt meine Mutter und streichelt meinen

Kopf. »Noch drei Tage, dann erholst du dich und wir nehmen dich mit nach Hause.«

Wenn die Leber dieses Mal mitmacht, denke ich, aber ich habe keine Kraft, das laut auszusprechen.

Auch Ella wollte ich schreiben, aber dann denke ich, dass es besser ist, Distanz zu den beiden zu halten. Und außerdem hätte ich mit den kribbelnden Fingern mein Smartphone kaum halten können.

Die Nacht ist schrecklich. Ich übergebe mich fast jede Stunde aufs Neue, und Luise wälzt sich mit fiebrigen Seufzern von links nach rechts. Ständig ist Betrieb in unserem Zimmer, entweder wird mein Eimer geleert und ein neues Mittel gegen Übelkeit verabreicht, oder Luises Fieber wird gemessen und gesenkt.

Am Morgen haben wir beide fast nicht geschlafen. Ich stinke nach Kotze und Schweiß, doch ich habe keine Energie, um mich zu duschen.

Schwester Carola kommt mit einer Schüssel lauwarmem Wasser und Seife und wäscht meinen Körper.

Dann schlafe ich – endlich. Ich werde wach, versuche einen Bissen zu essen, rieche das Putzmittel, kotze und schlafe wieder. Ich werde erst wach, als die Ärztinnen um Luises Bett herumstehen und sie beruhigen wollen.

»Das tut uns so leid, dass du jetzt hierbleiben musst. Ich weiß, dass du dich auf zu Hause gefreut hast«, sagt Frau Fenn und setzt sich auf einen Stuhl neben Luises Bett. Luise wimmert.

Ich habe ihr natürlich nicht erzählt, dass ich weiß, wie gefährlich eine Sepsis sein kann.

»Wir geben dir noch ein neues Antibiotikum, das hoffentlich hilft«, erklärt Frau Fenn. Die anderen Stationsärztinnen nicken beipflichtend und notieren etwas in Luises Akte.

Ich schlafe wieder.

Meine Eltern sind da, dann Luises Vater, dann sogar ihre Mutter – sie hat die gleichen roten Locken wie Luise.

Ich schlafe. Ich gehe aufs Klo, ich übergebe mich, der nächste Chemo-Beutel wird angehängt.

Mehrere Tage vergehen so. Ich kann nicht mitzählen. Ich bin vierzehn und ich kann die Tage nicht zählen, die an mir vorbeiziehen.

Irgendwann geht es mir besser. Es muss der zweite Tag nach Ende der Medikamenten-Gabe sein. Mein Magen beruhigt sich etwas. Ich kann wieder klarer denken. Ich dusche selbstständig und esse ein wenig. Mama ist abgereist. Wenn die Blutwerte sich weiter verbessern, kommen Papa und ich bald hinterher. Mein Kopf funktioniert nun wieder so gut, dass ich mir Sorgen um Luise machen kann.

Ungefähr eine Woche hat sie nun die Sepsis. Inzwischen bekommt sie das dritte Antibiotikum. Wenn ihr Fieber mithilfe der Medikamente sinkt, geht es ihr ganz gut und wir können uns unterhalten. Aber eine wirkliche Lösung für den Keim im Blut wurde noch nicht gefunden.

»Wie konnte mir so etwas passieren?!«, schimpft Luise,

als sie gerade mal wieder normale Temperatur hat. »Ich wollte jetzt doch zu Hause sein und nicht zwei Wochen am Stück hier rumhängen. Eigentlich wollte ich mit Mascha und Verena spazieren gehen und mit Jakob Playstation spielen.« Sie hat abgenommen, das sieht man in ihrem Gesicht. Klar, sie isst seit Tagen sehr wenig.

»Hab Geduld«, versuche ich sie zu trösten. »Die werden schon das richtige Medikament finden.« Aber ich behaupte das nur halbherzig.

Ella schickt uns Nachrichten, wünscht uns eine gute Besserung, verlinkt Lieder wie *Always Look On The Bright Side Of Life*. Werdet gesund! Beeilt euch!, schreibt sie.

Nächste Woche ist sie wieder hier. Dann müssen wir ihr Mut machen. So läuft das.

Ich sage Luise nicht, dass ich glaube, dass ihr Problem größer ist, als nur weniger Zeit zu Hause zu haben.

Zwei Tage später darf ich gehen. Luise bleibt. Ich habe ein schlechtes Gewissen und frage mich, warum mir Luise nicht ein bisschen egaler ist. Ich glaube, ich muss mir eingestehen, dass ich es nicht geschafft habe, mich von den beiden emotional so fernzuhalten, wie ich es mir vorgenommen habe.

Luise

Das Auf und Ab geht weiter. Sina ist schon weg, ich bin noch immer da. Ein neues Mädchen in meinem Zimmer, sie ist zwölf, auch sie hat einen Hirntumor.

Langsam ahne ich, dass diese Blutvergiftung nicht so leicht zu beheben ist, wie ich dachte. Kein Medikament hilft. Verena ruft an, aber ich bin zu schlapp, um zu telefonieren.

Jakob ist oft da, mein Papa und sogar meine Mama. Trotzdem bin ich allein, als Frau Fenn am neunten Tag des Fiebers kommt und sagt: »Luise, wir werden deinen Port entfernen. Vielleicht ist der verkeimt und wenn das passiert, dann hilft nur noch eine OP.«

Sie schieben mich als Notfall in einen der grellen OP-Säle. Ich bleibe bei vollem Bewusstsein und bekomme nur eine örtliche Betäubung, wie schon bei der Port-Implantation. Das Rausnehmen geht schnell. Ich liege unter einem grünen OP-Tuch, aber ich kann alles hören und das Desinfektionsmittel riechen. Ich hoffe so sehr, dass es am Port liegt. Dann gäbe es wenigstens eine Lösung!

Es dauert nicht lange und ich werde zurück in mein Zimmer geschoben. Am nächsten Tag senkt sich das Fieber, ohne dass mir ein Medikament gegeben wird.

Und dann, nach insgesamt drei Wochen, darf ich endlich nach Hause. Ich bin noch etwas wackelig auf den Beinen, aber so unendlich froh, nicht mehr auf der sterilen Station sein zu müssen.

»Willkommen zu Hause!«, ruft Jakob, als Papa und ich reinkommen. Er wirft eine Handvoll Konfetti auf mich und ich kichere. Dann greift er nach meiner Hand und bringt mich in die Küche. »Mach mal die Augen zu«, sagt er. Es riecht gut, nach Kürbissuppe oder so. »Und jetzt öffnen.«

Am gedeckten Tisch sitzt Ella. Sie springt auf, humpelt auf mich zu und schließt mich fest in ihre Arme. »Bin ich froh, dass du endlich raus bist!«

»Wir auch!«, ertönt es da plötzlich hinter mir. Meine Schulfreundinnen Mascha und Verena erheben sich vom Sofa und umschlingen mich gleichzeitig. Einen Moment bleiben wir zu dritt so stehen.

»Und ich erst.« Mama kommt aus dem Bad und umarmt mich ebenfalls.

Papa wirft Mama einen schrägen Blick zu. Seit der Trennung war sie nicht mehr hier.

Ich bin richtig überwältigt von allem und versuche, die Tränen, die in meine Augen steigen wollen, wegzuatmen.

»Lasst uns essen«, schlägt Papa vor. »Jakob und Ella haben eine Kürbis-Kokos-Suppe gekocht.«

»Jakob und Ella?«, frage ich überrascht. Die beiden werden rot.

»Äh …«, stottert Ella.

»Ella hatte die Idee, dich zu überraschen«, wirft Jakob ein. »Na ja, und da hab ich natürlich geholfen.«

In meinen Kopf rattert es. »Okay«, sage ich. Ein bisschen wundere ich mich, dass Sina nicht auch hier sitzt.

Ich habe nun eine längere Pause als geplant war, damit ich mich wieder erhole. Ursprünglich sollte ich jetzt schon wieder zur Therapie auf Station sein, doch das wird natürlich nichts. Stattdessen habe ich einen neuen Termin für einen Zugang, jetzt, wo der Port raus ist. Ich bekomme diesmal eine Picc-Line. Dann hängen mir zwei Schläuche aus dem Oberarm, die ich täglich mit Wasser durchspülen muss und die jeder sehen kann. Mal gucken, ob das gut funktioniert.

Die nächsten Tage treffe ich mich oft mit Mascha und Verena. Sie kommen nach der Schule und machen ihre Hausaufgaben hier, endlich stellt sich ein Gefühl von Normalität ein.

Auch Ella besucht mich fast täglich. Gemeinsam zählen wir die Tage runter, bis sie wieder ins Krankenhaus muss.

An einem Nachmittag sitzen wir zusammen in der Küche und trinken Tee. Ella sieht nachdenklich aus dem Fenster, gelbe Blätter schweben vor der Scheibe herab. Dann fragt sie: »Was denkst du eigentlich über Sina?«

Ich verschlucke mich und huste. »Wie meinst du das?«

»Na ja …« Ella zieht ein Knie an, das gesunde, und schlingt ihre Arme darum. »Ich kann sie irgendwie nicht recht einschätzen. Mal ist sie am Start und denkt sich so einen Mist aus wie die Kaufhaus-Aktion. Und dann hören wir tagelang nichts von ihr, so wie jetzt.«

Ich blicke in meine Tasse und puste hinein. Der Tee schlägt kleine Wellen. »Sie hat Angst, glaub ich«, entgegne ich dann.

»Angst?« Ellas dünn gewordene Augenbrauen wandern nach oben.

»Sie hat doch mal erzählt von dieser Freundin … Lisa. Die, die in Amerika ist.«

»Ja, ihre beste Freundin.«

Ich schnaube. »Ja, eine beste Freundin, die sich nicht bei ihr meldet.«

Ella nickt nachdenklich.

»Sina bekommt nie Besuch, außer von ihren Eltern.«

»Aber sie wohnt auch eigentlich in einer anderen Stadt.«

»Trotzdem. Sie hat keinen Kontakt mehr zu Leuten von ihrer alten Sport-Schule und sie hat in der neuen Schule noch keine Freundschaften geknüpft.«

»Aber was meinst du dann mit Angst?«

Seufzend zucke ich mit den Schultern. »Ich glaube, sie hat Angst, sich mit uns anzufreunden. Weil sie uns verlieren könnte.«

In dem Moment geht die Haustür auf. »Bin zu Hause!«, ruft mein Bruder, ich höre ihn seinen Rucksack in die Ecke schmeißen und die Jacke über die Garderobe werfen.

»Hey«, rufe ich Richtung Flur.

Er kommt in die Küche, um mich zu begrüßen, und weicht kurz zurück, als er Ella neben mir sitzen sieht.

»Oh, hi … Ella.« Er grinst. Wird er etwa rot? Ich blicke meine Freundin an, deren Wangen ebenfalls erstaunlich rosa aussehen, dafür dass sie im Moment eigentlich eine eher bleiche Hautfarbe hat.

»Hallo.« Ella kratzt sich verlegen am Kopf, sodass ihre Mütze leicht verrutscht.

»Ja dann …«, sagt er und geht rückwärts raus.

»Ja dann …«, wiederholt Ella und lächelt.

Ich schaue kurz meinem Bruder hinterher und dann zurück in Ellas gerötetes Gesicht. Es knistert in der Luft.

Ich muss selten dämlich ausgesehen haben, denn Ella fragt ganz erschrocken: »Ist etwas?« Sie spielt an den Bändern ihres Pullis herum.

»Ernsthaft?«, platzt es aus mir heraus.

»Äh …« Jetzt wird Ella richtig dunkelrot.

»Das kann doch nicht wahr sein!« Dann breche ich in Gelächter aus.

Ella lächelt unsicher. »Findest du das … richtig peinlich und bescheuert?«, fragt sie besorgt, greift schnell nach ihrer Tasse und versenkt ihr Gesicht.

»Nee«, ich grinse. »Gar nicht. Ich werde das gespannt aus nächster Nähe beobachten.«

November

Sina

Die Zeit zu Hause ist so schrecklich, dass ich mir schon fast wieder wünsche, ins Krankenhaus zu dürfen. Ich bin schwach, richtig schwach. Meine Zellen sind grenzwertig niedrig. Ich sehe aus wie ausgekotzt und liege meistens in meinem Zimmer im Bett, schaue Serien, höre Hörbuch und starre gegen die weiße Decke. Das Spannendste, was passiert, ist, wenn sich eine Fliege im Spinnennetz über mir verfängt. Ich versuche nicht zu oft auf mein Handy zu schauen und auf eine Nachricht von Lisa zu hoffen.

Es klopft an meiner Tür.

»Prinzessin, ich bin es.« Meine Mutter schiebt ihren Kopf durch den Türspalt.

»Was gibt es?« Ich bemühe mich um eine feste Stimme.

»Ich habe Linseneintopf gekocht. Papa ist auch gleich da. Soll ich dir helfen?« Besorgt tritt sie in mein Zimmer und greift mir unter die Arme, um mich hochzuziehen, doch ich entwinde mich ihrem Griff.

»Danke, das schaffe ich«, presse ich zwischen zusammengebissenen Zähnen hervor.

Sie sieht mich verletzt an, lässt aber los. Kurz wird mir schwindelig, dann folge ich ihr die Treppe hinunter ins Esszimmer. Die Katzen rekeln sich und tapsen mir hinterher.

In dem Moment kommt auch mein Vater ins Haus, wirft seinen Mantel aufs Sofa und grinst mich an. »Da bin ich«, ruft er.

Meine Mutter zuckt nur mit einem Mundwinkel.

Ich schleiche über das Parkett und setze mich auf einen der hohen weißen Stühle. Papa gibt mir einen Kuss auf die Wange, was bei meiner Mutter einen Entsetzensschrei auslöst. Sie lässt den Suppenlöffel fallen, hastet auf uns zu und stößt meinen Vater gegen die Schulter. Er taumelt.

Erschrocken hebe ich die Hand vor den Mund.

»Ihre Leukozyten sind gerade so niedrig, da kannst du sie doch nicht mit deinen Bakterien …«, jammert sie, aber Papa unterbricht sie laut.

»Sie ist nicht nur deine Tochter, Sibylle!« Er schnaubt wütend. »Und ich verbitte mir diesen Ton! Glaub mir, du bist nicht die Einzige, die mit einem krebskranken Kind umgehen muss. Mein Leben ist mindestens so schwer wie deins. Während du zu Hause rumhockst und Säfte presst, gehe ich nämlich auch noch richtig arbeiten.«

Sie brüllen weiter, und ich erhebe mich mit wackligen Knien vom Stuhl. In meinem Magen hat sich ein steinharter Klumpen gebildet. Mir ist schlecht und auf Linsen habe ich sowieso keine Lust. Während meine Eltern immer lauter werden und sich Vorwürfe machen, klammere ich mich am Treppengeländer fest und ziehe mich mühevoll wieder hoch ins obere Stockwerk. Seufzend lasse ich mich in mein unordentliches Bett fallen und greife nach dem Handy. Es blinkt grün, Ella und Luise haben sicher irgendwas in der

Gruppe geschrieben. Doch dann, ich kann es kaum fassen, ist es eine Nachricht von Lisa.

Mein Mund wird trocken, mein Herz rast, das Handy braucht viel zu lange, um die Nachricht zu öffnen, dann endlich. Mein Atem stockt. Meine Augen überfliegen die Nachricht wieder und wieder, bis die Tränen so dick sind, dass der Bildschirm verschwimmt.

Als ich wieder ins Erdgeschoss schleiche, sitzt meine Mutter allein auf der weißen Couch und hat den blonden Kopf in einer Hand vergraben.

»Du musst mich ins Krankenhaus fahren«, sage ich tonlos und hoffe, dass sie meine rot geweinten Augen nicht sofort bemerkt. Tut sie nicht, ihre sind ebenfalls feucht und die Wimperntusche ist verschmiert bis auf ihre Wangenknochen.

»Prinzessin, was ist passiert?! Geht es dir schlecht?! Sollen wir den Notarzt …«

»Alles okay, Mama«, unterbreche ich sie. Na ja, fast alles. »Ich muss nur mit Ella und Luise sprechen.«

Sie fasst sich an die Brust. »Erschreck mich doch nicht so, Kind.« Sie schluckt. »Ruf die beiden lieber an. Mit dem Auto brauchen wir zwei Stunden dorthin und außerdem ist das Krankenhaus voller Keime …«

»Das geht nicht. Bitte.« Wir starren uns eine Weile an. Und weil ich Krebs habe, gibt sie auf.

»Na gut.« Sie holt den Autoschlüssel und ihren Mantel und dann setzen wir uns ins Auto. Wo Papa ist, frage ich nicht.

Es dauert tatsächlich genau zwei Stunden, ehe wir auf das weitläufige Krankenhausgelände einbiegen. Ich habe ein etwas schlechtes Gewissen wegen des Klimas und weil ich meine Mutter so herumscheuche, doch mir fehlt die Energie zu diskutieren. Lieber schaffe ich Tatsachen. Sie lässt mich vor Haus 11 raus.

»Ich muss allein gehen. Wenn ich fertig bin, schreib ich dir.«

Mama nickt langsam. »Ich warte im Gäste-Café auf dich.«

Ich bin froh, dass sie nicht weiter nachfragt, und ringe mir ein Lächeln ab, das sie dankbar erwidert.

Dann betrete ich die große Halle. Der Krankenhausgeruch schlägt mir entgegen, und sofort dreht sich mir der Magen um. So was Blödes! Ich kämpfe mich vor bis zum Fahrstuhl. Zum Glück bin ich allein und kann mich ungehemmt mit der Stirn gegen den Spiegel lehnen. Das kühle Glas tut mir gut. Dann bin ich da und betrete die Station. Niemand beachtet mich. Um die Zeit müsste gerade Übergabe sein. Aber ich weiß ja, wo ich hinwill. Ich laufe an dem Teewagen vorbei und an den beiden kleinen Kindern, die Autos über den Linoleumboden schieben, und klopfe gegen die braune Tür.

»Ja?« Luises Stimme klingt überrascht.

Ich drücke die Klinke herunter und betrete das kleine Zimmer.

Verdutzt schaut Luise mich an. »Sina?!«

Ella sitzt auf einem Stuhl neben dem Bett, sie hat einen

Infusionsständer mit einem großen Wasserbeutel dabei. Die beiden sind gerade zur Therapie da, für Luise die erste nach der Sepsis.

»Was ist denn los?« Ella sieht mich erschrocken an. »Ist etwas passiert?«

»Nichts mit Krebs«, sage ich etwas trotzig und ziehe die Nase hoch. Ich sehe, wie sich beide leicht entspannen, und Luise sinkt in ihr Kissen zurück.

»Etwas mit deinen Eltern? Deinen Katzen? Liebeskummer?«, rät Ella weiter.

»Freundschaftskummer«, entgegne ich durch meine zugeschnürte Kehle, und dann bricht ein Damm in mir. Die Tränen fließen aus Augen und Nase, ich zittere und wimmere.

Ella springt auf, zieht ihren Infusionsständer hinter sich her und legt ihre warmen Arme um mich. Dann gehen wir gemeinsam zu Luises Bett und ich lege mich mit dem Gesicht auf die Decke und schluchze in das weiße Laken, während Luise meinen Rücken streichelt.

Ich erkläre gar nichts. Denke nicht an das kleine Mädchen, das in dem anderen Bett neben Luise liegt. Nicht an die Verwunderung von Frau Fenn, die plötzlich im Zimmer steht und sich besorgt erkundigt, warum ich da bin. Ich antworte auf gar nichts, lasse mir nur den Rücken streicheln und den kahlen Kopf kraulen.

In diesem Moment gebe ich meinen Widerstand auf. Luise und Ella an mich heranzulassen, mich abhängig zu machen, die Angst, enttäuscht zu werden, all das nehme ich in Kauf, weil ich keine Kraft mehr habe, mich dem Wunsch nach ihrer Freundschaft zu widersetzen. Ich gebe auf. Aber vielleicht, vielleicht denke ich, gewinne ich doch etwas neues Gutes dazu.

Dezember

Luise

Sinas spontaner Krankenhausbesuch verändert alles. Wenige Tage später ist sie auch auf Station und wir haben noch einen Tag Überschneidung.

»Kann ich bitte bei Luise aufs Zimmer?«, fragt sie Frau Fenn ganz offen auf dem Flur, während ihr Vater einen Meter hinter ihr mit einem blauen Rollkoffer wartet. Und weil meine Zimmernachbarin nichts dagegen hat, verbringen wir noch einen Tag zusammen.

Ella ist schon wieder in ihrer WG. Nach der letzten Chemo hat es ewig gedauert, bis ihre Leberwerte wieder niedrig genug für die Entlassung waren. Deshalb kommt sie nicht vorbei, aber wir haben uns die letzten Tage auch viel gesehen.

Sina und ich blättern in peinlichen Promi-Zeitschriften herum, lachen uns schlapp über die Frisuren der Saison – Topfschnitt mit ausrasiertem Nacken und einer einzelnen pinken Strähne, lästern über royale Probleme im britischen Königshaus und reden nicht über Sinas beste Freundin. Irgendwie kann ich diese Lisa verstehen. Sie ist in Amerika, führt gerade ein ganz anderes Leben und Sinas Erkrankung zieht sie zu sehr runter. Aber den Kontakt abzubrechen, finde ich schon sehr hart.

Am Tag meiner Entlassung drücke ich Sina fest an mich

und sie lässt es ohne Widerstand zu. »Was denkst du, bist du am ersten Advent zu Hause und fit?«, frage ich.

Jetzt schiebt sie mich doch weg, schnaubt verächtlich und sieht mich aus tief liegenden Augen an. »Klaro.«

»Ella und ich wollten in ihrer WG Kekse backen. Hast du auch Lust zu kommen?«

Ihre Augen leuchten kurz auf und sie lächelt. Ich sehe sie selten lächeln. »Ich liebe Kekse«, entgegnet sie, dann winke ich ihr und trete auf den Flur der Station. Ich sehe noch Frau Fenn, wie sie mit dem schwarzen Chemo-Beutel in das Zimmer läuft.

Zwei Wochen später ist der erste Advent. Ich habe mich einigermaßen gut erholt, mal wieder viel Zeit mit Mascha und Verena in meinem Zimmer oder vor der Playstation verbracht, und freue mich, heute rauszukommen. Ich war noch nie in Ellas WG und bin ein bisschen aufgeregt, als ich mit meinem Rucksack die regennasse Straße entlanglaufe. Ich habe Nüsse und Schokostreusel dabei und bin froh, dass zu dieser Jahreszeit alle Leute Mützen aufhaben. Da falle ich weniger auf als im Sommer. Die Perücke trage ich nämlich nie.

Viele Fenster in der Straße sind von innen mit Sternen und Schneeflocken geschmückt. Irgendwie seltsam, dass das Jahr seinen gewohnten Gang geht, dass für viele Leute jetzt die gemütliche Zeit beginnt und sie sich auf die freien Tage freuen, ob sie Weihnachten feiern oder nicht.

Ich schaue mir öfter Menschen in der Bahn an oder auf

der Straße und denke: *Für dich ist das ein ganz normaler Tag.* Das kann ich natürlich nicht wissen, aber für mich ist gerade kein Tag mehr normal. Doch ich wünsche mir nichts mehr, als endlich mal wieder normale Teenager-Probleme zu haben.

Ich laufe erst mal an dem Haus vorbei und muss wieder ein paar Meter zurück. Dann stehe ich vor dem etwas heruntergekommenen Altbau neben einem kleinen Spielplatz. Ich suche Ellas Namen unter den vielen weißen Schildchen. *Bauer*, da ist er. Ich drücke auf den Knopf und wenig später summt der Türöffner. Das Treppenhaus ist dunkel und jeder meiner Schritte hallt.

»Du musst zum Glück nur bis in den ersten Stock«, höre ich Ellas Stimme durch den Flur schallen. Ich greife nach dem Geländer und klammere mich daran fest. Beim Treppenlaufen merke ich immer, wie schwach ich bin.

Im braunen Türrahmen lehnt Ella. Sie hat ein blaues Tuch um ihren Kopf geschlungen und trägt eine Backschürze. »Da bist du ja!«

Keuchend umarme ich sie und verdrehe die Augen. »Diese Müdigkeit macht mir echt zu schaffen«, stoße ich zwischen zwei Atemzügen hervor.

»Hör auf zu reden«, verlangt Ella lächelnd, nimmt mir meinen Rucksack ab und schiebt mich in einen chaotischen Flur.

Ich war noch nie in einer WG und schaue mich erst mal sehr genau um. Die Garderobe ist viel zu klein für die Berge an Jacken, die daran hängen. Das Schuhregal ist zu voll und die Schuhe stapeln sich davor auf dem bunten Flickenteppich. Es duftet nach Orangen und ich höre das Gemurmel vieler Stimmen.

»Ist etwas durcheinander gerade, aber dreckig ist es nicht«, sagt Ella und zwinkert mir zu.

»Meine Leukos sind auch okay im Moment, ein bisschen Chaos kann mir nichts anhaben«, entgegne ich.

Ella zieht mich hinter sich her auf die gegenüberliegende Seite der Haustür.

Ich werfe vorsichtige Blicke in die drei Zimmer. Rote Sofas, zusammengewürfelte Stühle, große Bücherregale und lange Gardinen. Alles sehr gemütlich.

Dann betreten wir die Küche. Zwei junge Frauen, die ich nicht kenne, kneten gerade Teig, und auf einer zusammengeschraubten Küchenbank sitzt zwischen jeder Menge dicker Kissen Sina.

»Hey, Sina«, rufe ich und laufe als Erstes zu ihr, um sie zu begrüßen. Sie lächelt und klammert sich an ihrem Kamillentee fest. »Alles klar?«, frage ich.

»Geht so.« Sie verdreht die Augen. »Meine Mundschleimhaut ist völlig kaputt und ich kann nur Kamillentee trinken.«

»Oh Mist! Und Übelkeit?«

»Na ja. Ich kaue viel Ingwer, das Kotzen ist zumindest vorbei.«

»Cool, dann hast du ja jetzt wieder ein bisschen frei. Musst du noch mal vor Weihnachten hin?«

Sie schüttelt den Kopf und nippt an ihrem Tee. »Nee,

aber über Silvester bin ich im Krankenhaus. Wie geht's den Leukos?«

»In Ordnung, Immunsystem steht.«

Ella sieht uns beide an und schüttelt den Kopf. »Ihr solltet euch mal reden hören.« Aber dann lacht sie. »Was für ein absurder Small Talk.«

So absurd wie alles, was gerade passiert.

Endlich wende ich mich auch den beiden anderen zu.

»Hi, ich bin Svea«, sagt die eine.

»Und ich Ayla«, die andere.

»Ihr seid Ellas Mitbewohnerinnen, oder?«, hake ich nach.

Sie nicken und kneten dabei ihre Teige weiter.

»Schon krass«, sagt Sina dann mit einem bitteren Tonfall.

»Was?«, fragt Svea.

»Na ja, dass ihr das so mitmacht. Mit dem Krebs und dem Zusammenwohnen – wird euch das nicht zu viel?«

Ich lege Sina eine Hand auf den Rücken, sie macht sich ganz steif.

»Ehrlich gesagt«, entgegnet Svea, »ist es schon manchmal viel. Aber es ist nichts im Vergleich zu dem, was Ella gerade durchmacht.«

Ayla geht zum Waschbecken und spült sich Mehl von den Händen. »Außerdem haben wir uns als WG nie die Frage gestellt, ob das geht. Wir haben nur gefragt, ob Ella so während der Chemos leben will.«

»Und wie ich das will!« Ella schlingt den rechten Arm um Svea, den linken um Ayla und küsst beide geräuschvoll auf die Wangen. »Ich habe schon ganz schön großes Glück«, fügt sie dann hinzu. »Frau Dr. Kowalski meinte, ich sei ihre erste junge Patientin, die eine Chemotherapie mit ihrer WG macht und nicht zurück zu den Eltern zieht.«

Sina entspannt sich wieder, greift in die Schüssel und steckt sich ein Stück Teig in den Mund. »Ganz schön cool von euch. Solche Freundinnen muss man haben.« Sie kaut und der Zucker knirscht zwischen ihren Zähnen.

Ich verziehe das Gesicht bei dem Geräusch, Sina auch, aber wahrscheinlich eher, weil ihre Mundschleimhaut wehtut.

»Sag mal, Sina«, ich setze mich jetzt neben sie auf die Bank, »wie hast du denn deine Mutter überzeugen können, dass du heute Kekse aus Mehl und Zucker backst?«

Sinas linker Mundwinkel hebt sich zu einem frechen Grinsen. »Na, gar nicht. Sie denkt, wir machen Gesichtsmasken. Außerdem hat Papa mich gefahren.« Demonstrativ greift sie noch einmal in den Teig und schiebt sich die rohe Masse zwischen die blassen Lippen.

»So, wir können starten«, ruft Ayla, klatscht ihren Klumpen auf den bemehlten Küchentisch und beginnt ihn mit einer Glasflasche auszurollen.

Ich ziehe die Nüsse und Schokostreusel aus meiner Tasche und bereite die Deko vor.

Svea holt ihr Handy und startet eine Weihnachtsplaylist. *Santa Claus is coming to town*, dröhnt durch die Küche und zum ersten Mal kommt bei mir ein Hauch von Weihnachtsgefühl auf.

Es stimmt schon, dieses Jahr ist nichts normal, nichts einfach nur entspannt, Stress bedeutet nicht Geschenke basteln und ein Weihnachtstreffen nach dem nächsten, dieses Jahr heißt der Stress, am Leben bleiben. Und trotzdem wird das wieder einer dieser Nachmittage, der mir fast normal vorkommt. Wären da nicht die große Flasche Desinfektionsmittel im Bad, die Packung Gummihandschuhe direkt neben der Eingangstür und die drei glatzköpfigen Mädchen in der Küche.

Ella

Der Dezember schreitet erstaunlich schnell voran. Luise ist noch mal zur Therapie im Krankenhaus, Sina auch und kurz vor Weihnachten ist meine letzte Chemo vor der OP angesetzt, im Januar kommt der Knochen raus. Meine Eltern besuchen mich oft und ich bin viel zu Hause.

Ayla kocht Suppe, und als Svea sich erkältet, schlägt sie sofort vor, ein paar Tage zu ihrer Freundin zu ziehen, bis sie nicht mehr hustet. Ich habe einfach verdammt viel Glück mit dieser WG!

Und dann, drei Tage vor der Chemo, bekomme ich eine Nachricht von Jakob.

> Hey Ella, ich hoffe, du findest es nicht komisch, wenn ich dich frage, aber: Hast du vielleicht Lust, dich vor Weihnachten mal zu treffen?

Ich sitze in der Küche, als ich diese Zeilen von Jakob lese, und sofort werde ich ganz hektisch.

»Ayla, hör mal«, rufe ich.

Sie lacht und legt das Messer zur Seite, mit dem sie gerade Kartoffeln schneidet. »Beruhig dich, was ist denn los?«

»Jakob will sich mit mir treffen.«

Jetzt grinst sie. »Wusste ich's doch. Sag Ja!«

Das tue ich. Und noch für denselben Abend verabreden wir uns.

Als ich das kleine Restaurant betrete, sitzt er schon an einem Tisch und springt sofort auf.

»Ich hoffe, du isst gerne Burritos«, sagt er zur Begrüßung, dann umarmt er mich etwas ungelenk, und ich bilde mir ein, sein Herz klopfen zu hören.

»Klar«, entgegne ich und ziehe meine Jacke aus. »Nur scharf geht im Moment nicht, meine Magenschleimhaut ist noch zu gereizt.«

Ich setze mich hin und wir vertiefen uns erst mal hoch konzentriert in die Karte.

Als der Kellner kommt, bestelle ich einen vegetarischen Burrito.

»Und zu trinken?«

In dem Moment überrasche ich mich selbst. »Einen Gin Tonic, bitte.« Ich habe seit der Diagnose keinen Alkohol mehr getrunken. Klar, meine Leber hat genug zu tun, aber heute habe ich Lust, unvernünftig zu sein.

Jakob kommentiert meine Entscheidung nicht und das ist gut so. Er bestellt einfach das Gleiche.

Kaum ist die Bestellung da, stoßen wir mit den gedrungenen Gläsern an.

»Auf den Abend«, sage ich.

»Auf die Gesundheit«, entgegnet er und schaut mir in die Augen.

Ich halte das nur eine Sekunde aus, dann führe ich das

Glas an die Lippen und nehme einen Schluck. Und noch einen. Fast sofort bemerke ich die Wirkung. Mein Kopf wird weich, meine Gedanken lassen etwas los. Ich bin zufrieden mit meiner Wahl.

Und plötzlich gerate ich ins Plaudern, stelle Fragen, bin kaum zu stoppen.

»Was hast du zuletzt Sinnloses gekauft?«

»Ein Fingerskateboard.«

»Was wäre dein Traumjob?«

»Kulissenbauer beim Theater.«

»Der wichtigste Mensch in deinem Leben?«

»Meine Schwester.«

»Wovor hast du am meisten Angst?«

»Sie zu verlieren.« Er stockt.

Ich nehme einen Schluck Gin Tonic, er auch.

»Jetzt ich«, verlangt er.

»Dein Lieblingsessen?«

»Gemüselasagne.«

»Dein größter Wunsch?«

»Gesund werden. Und wieder Haare haben.«

»Deine peinlichste Eigenschaft?«

Ich grinse. »Zu schlimmer Trash-Musik in der Küche tanzen.«

So geht es weiter, bis unser Essen kommt.

Wir lächeln uns an und beißen in die Burritos, das hält uns eine Weile vom Reden ab. Ich merke, dass ich von diesem einen Getränk richtig betrunken werde, meine Wangen röten sich und ich fühle mich übermütig. Ich trinke noch einen Schluck und genieße es, wie sich der bittere Geschmack auf meiner Zunge ausbreitet.

»Gehen wir noch spazieren?«, frage ich, als wir aufgegessen haben. »Solange mein Bein noch funktioniert, muss ich das auskosten.«

Er lächelt. »Gern.«

Ich gehe an den Tresen und bezahle. Er will mir Geld geben, doch ich winke ab. »Das nächste Mal«, schlage ich vor.

Wir verlassen den Laden und laufen in Richtung Flussufer. Es ist kalt, aber nicht zu kalt, ich wickle mir meinen Schal eng um den Hals und ziehe mir die Mütze tief in die Augen. Plötzlich sagen wir gar nichts mehr, als wäre ein Schalter umgelegt worden.

Mein Kopf dreht sich, ich weiß nicht, ob das nur am Gin Tonic liegt oder an Jakob, ist ja auch egal, jedenfalls nehme ich einfach seine Hand und tue so, als sei es das Normalste auf der Welt.

Er schaut mich an, seine braunen Augen ruhen einen Moment lang auf meinem Gesicht, dann drückt er kurz meine Finger in seinen und wir schlendern Hand in Hand weiter.

Die Promenade spuckt uns auf einer belebten Seitengasse wieder aus, bunte Bar-Schilder leuchten in der Dunkelheit. Ich werfe einen Blick durch ein Fenster. In der ersten Kneipe ist es voll, es sieht gemütlich aus und es gibt eine kleine Tanzfläche. Ich werfe Jakob einen fragenden Blick zu, er nickt und ich ziehe ihn hinter mir her in die Bar.

Ein dicker Teppich aus Gemurmel empfängt uns, die Musik ist laut, es ist warm, es riecht nach Bier, kleine Plastiktannen stehen auf der Theke.

»Möchtest du etwas trinken?«, ruft Jakob mir über den Lärm hinweg zu.

Keine schlechte Idee. »Eine Apfelschorle.«

Ich gehe schon mal vor auf die Tanzfläche, lege meine Jacke zur Seite und wiege mich im Takt des Liedes. Gedankenverloren schließe ich meine Augen, bin ganz bei mir, mir wird warm unter der dicken Mütze. Ich ziehe sie aus, streichle mir über die weiche Glatze und tanze einfach weiter.

Als Jakob mir hinterherkommt und mir die kühle Apfelschorle reicht, stürze ich sie in einem Zug hinunter. Und dann lege ich meine Arme um seinen Hals und beginne vorsichtig mit ihm zu tanzen. Es ist mir egal, ob die Leute gucken, ob sie über meine Glatze reden, ich bin hier und ich tanze.

Und dann, ganz langsam, komme ich Jakob immer näher, ich hebe mein Gesicht und küsse ihn. Seine Lippen sind weich, vorsichtig, seine warmen Hände liegen auf meinem Rücken und ich ziehe mich noch ein Stück näher an ihn heran. Und dann küsse ich ihn einfach noch einmal.

Sina

Es gibt zwei Gründe, warum ich Heilig Abend hasse. Erstens kommen da meine blöden Onkels mit ihren nervigen Familien. Und es gibt eine Weihnachtsgans, die auf dem Tisch steht, und je mehr Fleisch heruntergeschnitten wird, desto mehr eklige Rippen sind zu sehen.

Dieses Jahr kommt hinzu, dass ich keine Lust auf die Krebs-Gespräche habe, auf das Mitleid und die perfekt gestylten Haare meiner Cousinen.

Wenigstens ist meine Mutter Einzelkind, deswegen hat sie außer ihren Eltern nicht noch mehr ätzende Verwandte, die kommen. Es geht schon am frühen Morgen mit dem Stress los. Natürlich darf ich ausschlafen, aber ich kann nicht, weil es ab acht Uhr laut im ganzen Haus rumpelt. Türen werden geknallt, die Treppe wird auf- und abgerannt und das Geschirr, das meine Mutter schon jetzt auf dem Tisch verteilt, klappert laut. Also beschließe ich, mich dem Horror zu stellen und stehe auf.

In der Küche werkelt mein Vater heftig herum und schiebt gerade den toten Vogel in den Ofen, der muss bis heute Abend schmoren. Meine Mutter ist dabei, den viel zu großen Tannenbaum mit einem Berg Lametta zu schmücken.

Ich verdrehe die Augen.

»Prinzessin, ich habe dir einen frischen Spinatsaft in den Kühlschrank gestellt«, presst sie zwischen zusammengebissenen Zähnen hervor, während sie auf einem Stuhl steht und versucht, den glitzernden Stern an der Baumspitze zu befestigen.

Ich schlappe in die Küche, greife nach dem Schokomüsli und kippe Milch in die Schüssel.

Mein Vater hält im Klößerollen inne, hebt den Finger an die Lippen und blickt bedeutungsvoll auf meine Schüssel.

Ich weiß, Papa, unser Geheimnis.

Es wird so schrecklich wie erwartet. Kaum begrüßt meine Oma mich, bricht sie in Tränen aus. »Womit hat meine Kleine das verdient? Zum zweiten Mal, soll sie etwa sterben? Ach, ich wünschte, ich hätte Krebs und nicht das unschuldige Lämmchen.«

Ich mache mich in ihren Armen steif, lächle angestrengt und verschwinde auf dem Klo. Da bleibe ich und beschwere mich im Chat bei Ella und Luise.

Halte durch. Ruf an, wenn du es nicht mehr aushältst, schreibt Ella, und ich schicke ihr ein Herz.

Ich höre, wie das Haus immer voller wird. Jetzt sind bestimmt auch die anderen gekommen, und einmal muss jemand aufs Klo, doch ich lasse die Tür geschlossen. Soll die Person doch oben gehen.

Erst als meine Mutter: »Prinzessin, es gibt Essen« ruft, verlasse ich widerwillig mein Versteck.

Das abendfüllende Thema an Heilig Abend ist, wer hätte es gedacht, Krebs. Ich sage gar nichts dazu, aber alle anderen haben eine Meinung.

»Mein Nachbar hatte auch so einen furchtbaren Magenkrebs. Dem hat ja Homöopathie so gut geholfen«, sagt die Frau meines Onkels und will mir vertraulich die Hand auf die Schulter legen, doch ich zucke zurück.

Meine Mutter nickt eifrig, während sie die Gans zerteilt und große Stücke auf weiße Teller legt. »Das sage ich ihr ja immer, aber sie ist leider gar nicht offen für so etwas.«

Ich verdrehe die Augen und sehe meinen Vater genervt an. Er blickt beschwörend zurück.

»Wie entsteht Krebs eigentlich? Hast du dich ungesund ernährt?«, fragt meine dumme Cousine und schiebt sich ein riesengroßes Stück Gänseflügel in den Mund.

»Aber nein, das sind zufällige Zellteilungen …« Mein Vater springt ein, doch ich höre nicht hin.

»Bestimmt hattest du auch einfach zu viel Stress und dein Körper konnte die Zellen nicht selbst töten«, sagt meine Oma milde und hat schon wieder Tränen in den Augen. »Diese Sportschule war nicht gut für dich, dieser Leistungsdruck … Sibylle, du musst aufpassen, dass Sina keinen Stress mehr hat.«

»Hast du es denn schon mit Kurkuma versucht?«, schaltet sich da auch mein Onkel ein und tupft sich die fettigen Lippen mit einer Serviette ab. »Neulich habe ich eine interessante Doku gesehen, da hat eine Frau ihren Krebs mit Kurkuma und Aprikosenkernen geheilt.«

»Oder Yoga!«, ruft meine ältere Cousine. »Du musst Yoga machen.«

Wieder nickt meine Mutter heftig. »Yoga und kein Zucker. Das versuche ich schon die ganze Zeit durchzusetzen, aber sie hört einfach nicht auf mich.«

Ich bleibe erstaunlich ruhig und stelle auf Durchzug, so gut ich kann. Ganz toll, dass alle schon mal dies und das gelesen haben und genau wissen, wie man meinen Krebs heilt. Schön. Die arme Gans vor mir sieht kläglich und abgefressen aus, und bei ihrem Anblick dreht sich mir der Magen um. Ich esse nur trockene Klöße.

»Du solltest den Kloß nicht essen«, tadelt mich da meine Mutter. »Das sind Semmelknödel, ich habe dir extra Kartoffeln gekocht.« Jetzt wird ihre Stimme weinerlich. »Ich tue doch alles für dich, gebe mir so viel Mühe. Wie kannst du dich selbst nur so mutwillig vergiften.«

Ich glaube, sie hat zu viel Rotwein getrunken.

Mein Vater will etwas erwidern.

Nicht schon wieder, denke ich, und erhebe mich mit geradem Rücken. »Bin müde«, sage ich knapp. Voller Mitleid blickt mich meine ganze Familie an, während ich den Stuhl ranschiebe und das Esszimmer verlasse. Als ich einen letzten Blick zurückwerfe, sieht mein Onkel seltsam erleichtert aus und schiebt sich fröhlich einen halben Kloß in den Mund. Klar, das Thema Krebs ist immer unangenehm. Sobald ich am Tisch sitze, sitzt eben auch der Krebs dabei und vermiest die Stimmung. Ich kann regelrecht spüren, wie sich bei allen eine Anspannung löst.

Ich schlappe hoch in mein Zimmer, greife mir auf dem Weg eine Katze und wähle Ellas Nummer. Es tutet eine Weile, ich will schon auflegen, aber dann geht sie zum Glück dran und das, obwohl Weihnachten ist.

Luise

Die Tage nach Heilig Abend sind einigermaßen entspannt. Weil ich doch noch ein Zelltief habe und viel bei meinem Papa auf der Couch rumliege, beschließt meine Mutter, uns zu besuchen. Normalerweise verbringen Jakob und ich den ersten Feiertag bei ihr. Es läuft ganz gut, Papa und Mama bekommen sich nicht in die Haare, und ich halte mich aus allem raus, starre an die Decke und lausche der klassischen Musik. Jakob ist erstaunlich gut drauf. Auch als wir am zweiten Feiertag wieder zu dritt sind und nichts machen, wobei Jakob normalerweise durchdrehen würde, ist er fröhlich und versucht mich zum Playstationspielen zu überreden.

»Nee, erzähl mir lieber etwas«, entgegne ich leidend.

Er setzt sich auf den Sessel neben mir und grinst mich breit an. Da klingelt plötzlich sein Handy. Das klingelt sowieso dauernd die letzten Tage. Genervt rolle ich die Augen und mein Bruder hebt einen Finger. »Augenblick«, sagt er, springt auf und nimmt den Anruf an. Die Stimme, die ertönt, meine ich zu kennen. Kurz durchfährt mich eine Art kleiner Stromschlag, dann kichere ich. Das kann doch nicht wahr sein! Einen Moment lang bin ich enttäuscht, dass weder er noch Ella einen Ton gesagt haben, doch dann merke ich selbst, dass ich mich lieber freuen will.

Ich schließe die Augen und döse, bis mein Bruder eine halbe Stunde später wieder reinkommt.

»Sorry«, sagt er mit geröteten Wangen und setzt sich neben mich.

»Jakob?«

»Ja?«

Ich stütze mich auf. »Warum telefonierst du die ganze Zeit mit Ella?«

Sein Gesicht entgleitet ihm und er starrt mich erschrocken an. »Aber woher …«

»Ach, komm. Die Anrufe, die Kürbissuppe neulich …«

»Findest du das blöd?« Jetzt schaut er mich völlig ernst an.

Überrascht hebe ich die Augenbrauen. »Ich war kurz irritiert, dass ihr nichts erzählt. Aber nein, wieso sollte ich?«

»Na, weil sie ja auch deine Freundin ist.«

»Na und? Ich finde sie cool und du bist auch ganz okay …«

»Hey.« Er wirft ein Kissen nach mir, und ich greife mir an die Brust.

»Stopp, Jakob, ich bin schwach.« Ich grinse. »Jetzt musst du mir aber auch alles erzählen.«

Er lächelt wieder und nimmt sich einen Keks. In aller Seelenruhe knabbert er daran, um mich auf die Folter zu spannen.

»Wir waren essen …«

»Und was?«

»Burritos.«

»Und dann?«

»Dann waren wir spazieren, es war total schön. Irgendwann hat sie meine Hand genommen. Na ja, und später in einer Bar hat sie mich geküsst.«

»Ach was! Wirklich?!«

»Ja, wir waren ewig unterwegs, haben getanzt, bis ihr Knie eine Pause brauchte, haben uns über alles Mögliche unterhalten und einfach die Zeit genossen. Sie ist so … freundlich, lustig, klug, aufmerksam, hübsch und einzigartig.« In seinen Tonfall hat sich eine Spur Trauer geschlichen. »Und dieses ganze Krebs-Ding war einfach egal.«

Ich will nicht über Krebs reden, deshalb frage ich schnell: »Und wie geht es jetzt weiter?«

Jakob zuckt mit den Schultern. »Ehrlich gesagt weiß ich nicht, ob wir jetzt zusammen sind oder nicht. Sie ist im Moment auch bei ihren Eltern und kommt erst kurz vor Silvester zurück. Aber wir telefonieren eigentlich jeden Tag.«

»Mit wem telefonierst du jeden Tag?« Plötzlich steht Papa mit einem Geschirrtuch hinter uns. Wir beide zucken erschrocken zusammen.

»Äh …«, macht Jakob.

»Mit Ella«, entgegne ich trocken. »Jakob ist in Ella verliebt.«

Schon wieder wird mein großer Bruder rot, so habe ich ihn wirklich noch nie erlebt!

»So, so«, sagt Papa, aber er zieht sorgenvoll die Augenbrauen zusammen.

»Wie, *so, so?*«, äffe ich ihn nach. »Was meinst du?«

»Ach, Luise, lass doch«, sagt Papa und will in die Küche verschwinden. Aber ich habe natürlich bemerkt, dass er etwas Bestimmtes sagen will, und jetzt möchte ich es hören. Wenn meine Zellen mitmachen würden, wäre ich längst aufgesprungen. So muss ich es bei einem wütenden Blick belassen.

Papa seufzt. »Ich dachte nur, vielleicht ist es nicht die beste Idee, sich in ein krebskrankes Mädchen zu verlieben.«

»Ach nein?«, frage ich mit lauernder Stimme.

Jakob legt mir beschwichtigend eine Hand auf den Unterarm, doch ich schüttle ihn ab.

»Nicht, dass Jakob ihr Hoffnungen macht oder selbst enttäuscht wird. Eine kranke Schwester ist schon eine Belastung, es muss ja nicht auch noch eine kranke Freundin sein.«

Innerlich explodiere ich, aber alles, was rauskommt, ist ein schlappes: »Und wer soll sich deiner Meinung nach in krebskranke, belastende Mädchen, wie wir es sind, verlieben?«

Jakob presst die Lippen zusammen. Ich drehe mich weg und drücke mein Gesicht ins Sofakissen. Heiße Tränen steigen in meine Augen.

»Luise, es tut mir leid, das war nur ein dummer Gedanke …«, versucht Papa mich zu beschwichtigen.

»Geh mal besser spazieren«, entgegnet Jakob mit tonloser Stimme, und Papa geht.

»Hey«, sagt mein Bruder sanft. »Das meint er nicht so. Er macht sich einfach Sorgen. Aber ich weiß, dass alles gut wird. Bei dir und bei Ella.« Er zögert kurz. »Und bei Sina auch.«

Ich schniefe und lasse mir von ihm den Rücken streicheln.

»Ella und ich hatten die Idee, zusammen Silvester zu feiern. In ihrer WG, vielleicht mit dir und Sina. Hast du Lust?«

Ich seufze und nicke mit dem Gesicht im Polster.

Ella

Für Silvester haben Sina, Luise und ich einen kleinen, eher verbotenen Plan ausgeheckt. Die Eltern von meiner Mitbewohnerin Svea besitzen ein Auto, das ich mir an diesem Tag leihen kann. Luise und Jakob sind in meiner WG und bereiten schon mal das Raclette vor.

Es ist kurz vor acht und ich bin mit dem Auto auf den dunklen Straßen unterwegs. Vereinzelt explodieren schon zu früh gezündete Raketen vor dem bewölkten Himmel, und ich muss zugeben, dass ich jedes Mal zusammenzucke, wenn irgendwo laut ein Böller knallt.

Ich bin froh, als ich endlich auf das Krankenhausgelände einbiege und sogar einen Parkplatz vor Haus 11 finde. Sinas Therapie liegt schon ein paar Tage zurück und sie behauptet, bereits einigermaßen fit zu sein. Die Blutwerte sind aber noch so schlecht, dass sie weitere Tage auf der Station bleiben muss. Nur heute Abend, da werde ich sie rausschmuggeln.

Ich betrete die glänzende Eingangshalle. Ein paar einsame Menschen im Bademantel und mit Infusionsständern sitzen herum, trinken ein Dosenbier oder telefonieren. Draußen rauchen einige. Irgendwie zieht mich das runter und ich beeile mich, so gut ich kann, um in den Fahrstuhl zu steigen. Schnell drücke ich den Knopf und die Türen schließen sich. Mir wird warm, ich ziehe mir die Mütze runter und betrachte meinen runden Kopf im Spiegel.

Dann bin ich oben, die Türen öffnen sich und sofort dringt der Geruch nach Desinfektion und Linoleum in den Fahrstuhl. Ich atme durch den Mund, in dieser Ecke des Flures ist es am schlimmsten. Die Mischung ruft jedes Mal einen Brechreiz in mir hervor.

Hastig laufe ich durch die Glastüren auf die Kinder-Onko. Sina wartet bereits im Flur auf mich. Sie ist so blass, dass ich mich erschrecke. Der Mantel hängt zu groß auf ihren Schultern, und die Schuhe sind auch nur halbwegs zugebunden. Sie hat wirklich ganz schön abgenommen.

»Hey«, gebe ich außer Atem von mir und umarme sie schnell. Verstohlen schaue ich mich um. »Bereit?«

»Warte noch kurz«, sagt Sina.

»Worauf?«, will ich wissen, da kommt Schwester Hatice um die Ecke gebogen. Ich zucke zusammen. »Mist.« Ich starre auf den grauen Boden. Jetzt hat sie uns erwischt.

Doch sie wundert sich gar nicht, sondern steuert mit einem kleinen Plastikbeutel in der Hand direkt auf uns zu. Sie nickt höflich und reicht Sina die Tüte. »Die Pillen im blauen Döschen nimmst du in zwei Stunden, die im roten kurz nach Mitternacht. Ich verlasse mich auf dich, Sina.« Dann blickt sie auch mir tief in die Augen. »Sie ist minderjährig. Du passt auf sie auf, das habe ich mit ihrem Vater besprochen, alles klar? Und kein Alkohol!«

»Nein, nein. Natürlich nicht«, entgegne ich rasch.

»Vor Beginn der Frühschicht bist du wieder hier, Sina«, schärft ihr Hatice noch ein und versucht sich an einem strengen Blick, muss dann aber doch lächeln. »Und jetzt Abmarsch, sonst wollen gleich alle hier raus.«

Im Stechschritt verlassen wir die Station und atmen erst im Fahrstuhl wieder durch.

Sina grinst. »Wenn meine Mutter das wüsste«, sagt sie nur triumphierend.

Ein bisschen Angst habe ich schon, weil sie so fertig aussieht. Doch ich weiß, dass ich Sina nichts ausreden kann. Ich lenke sie zum Auto und wir steigen ein.

»Hatice ist ziemlich cool«, meint Sina dann noch.

»Ziemlich.«

Als wir in meiner WG ankommen, ist bereits alles mit Ballons und Luftschlangen geschmückt. Es läuft irgendeine uralte *Bravo-Hits*-CD und auf dem Küchentisch stehen Schüsseln gefüllt mit geschnittener Paprika, Silberzwiebeln, Tofu-Würfeln und Mais. Zum Glück habe ich einigermaßen Appetit. Als ich Jakob sehe, flattert es in meinem Bauch. Er kommt auf mich zu und drückt mir einen sanften Kuss auf die Lippen.

»Igitt«, ruft Sina, »was ist denn bei euch los?!« Entsetzt blickt sie zwischen Jakob und mir hin und her.

»Ähm …« Jakob kratzt sich verlegen am Kopf.

Aber Luise lacht und legt einen Arm um Sinas Schultern. »So sehen Verliebte aus«, raunt sie ihr dann ins Ohr und kichert.

»Seid ihr etwa zusammen?!« Empört starrt Sina uns weiter an, während sie auf die Küchenbank klettert.

Ups. So genau haben wir da noch nicht drüber gesprochen. Verlegen weiche ich ein paar Zentimeter von Jakob weg und rufe »Nein!«, während Jakob im selben Moment voller Überzeugung »Ja!« sagt.

»Nein?«, fragt er verwundert.

»Ja?«, entgegne ich.

Wie peinlich.

»Sina«, tadelt Luise und beißt sich auf die Lippe, um nicht loszuprusten. »Das fragt man doch nicht so direkt.«

Und dann brechen Sina und Luise in schallendes Gelächter aus, während ich verschämt nach den Kartoffeln greife und sie beginne zu schälen.

Jakob legt mir sanft seine Fingerspitzen auf den Rücken und drückt mir einen Kuss auf die Wange.

»Lass uns da demnächst noch mal drüber sprechen«, schlägt er vor.

Ich lächle. »Nächstes Jahr, okay?«

Sina

Ich bin noch zu schlapp, um das mit Ella und Jakob so richtig zu begreifen, und lasse mich erst mal in die Kissen auf der Küchenbank sinken. Zum Glück bin ich so klein, dass ich mich ausstrecken kann. Die anderen unterhalten sich, ich kann dem Gespräch nicht folgen, mein Kopf dreht sich, mir ist schlecht. Aber das gebe ich natürlich nicht zu.

Ella kommt irgendwann zu mir rüber und legt mir eine Hand auf den Arm. »Alles klar, Sina?«, fragt sie besorgt.

»Ja«, presse ich hervor. Ich sehe, dass Ella die Augenbraue hebt, aber sie weiß selbst, dass ich mir nichts sagen lasse. Ich schließe wieder meine Augen, meine Gedanken schweifen ab. Wenn die letzte Chemotherapie erst so kurz zurückliegt, kann ich meine Gedanken oft nicht festhalten. Ich habe dann auch ein schlechtes Gedächtnis, und wenn mir Leute später erzählen, worüber wir uns unterhalten haben, weiß ich nichts mehr.

Heute ist so ein Tag. Vielleicht ist das auch ganz gut so. Dann muss ich nicht an Lisas vernichtende Nachricht denken, vor allem nicht an den letzten Satz – *Es tut mir leid, ich kann das nicht mehr,* als wäre sie meine Mutter. Schöne Freundin. Auch an meine Mutter muss ich nicht denken. An meine beiden Eltern nicht, an den Rest meiner Familie, die Schule, die Zukunft. Ich muss jetzt nur liegen und mich bemühen, nicht zu kotzen. Das ist meine Aufgabe. Ich rolle mich auf die Seite, auch mit geschlossenen Augen spüre ich, dass sich alles dreht. Aber diesen Abend, so dreckig es mir auch geht, vergesse ich hoffentlich trotzdem nicht.

Ich schlafe tatsächlich ein. Irgendwann weckt mich Luise und rüttelt mich sanft an der Schulter. »Sina, möchtest du etwas essen?«, fragt sie.

Ich setze mich auf. Erst denke ich, es geht. Doch dann springe ich plötzlich hoch, schlittere auf Wollsocken über den Flur und renne ins Bad. Ich schließe noch die Tür, dann übergebe ich mich ins Waschbecken. Es kommt eigentlich nur Tee und diese gelbe Galle. Davon wird mir wieder schlecht und ich würge noch mehr, obwohl mir jetzt nur noch Luft entweicht. Ein letztes Mal krampft mein Bauch sich zusammen, dann ist es vorbei. Erschöpft klammere ich mich am Rand des Waschbeckens fest und schaue mir in die geröteten Augen. Speichelfäden hängen an meinem Mundwinkel, die Wangen sind blass, aber von den Medikamenten gleichzeitig unnatürlich aufgedunsen. Ich sehe eklig aus.

»Sina! Brauchst du Hilfe?« Ella klopft gegen die Tür.

»Nee, lass mich einfach kurz«, rufe ich mit rauer Stimme. Mir steigen Tränen in die Augen. Zum Glück sieht man die nicht, meine Augen sind eh schon so gereizt. Alles ist so anstrengend. Aber wenigstens fühle ich mich jetzt besser. Wahrscheinlich hält das Gefühl nicht so lange an, aber bestimmt lang genug, sodass ich um zehn die ersten Tabletten nehmen kann. Ich lasse das Wasser laufen, wasche mir den

Mund aus und spüle mein Gesicht ab. Das tut gut. Ich finde sogar Mundwasser und benutze es einfach.

Dann verlasse ich das Bad. Beim Laufen merke ich, dass es mir wirklich besser geht und das steigert meine Laune. Ich gehe in Ellas Zimmer. Sie haben ihren Schreibtisch in die Mitte des Raums geschoben und die Stühle aus der Küche drum herum platziert. Das Raclette und die vielen kleinen Schälchen stehen darauf. Die drei schauen mich an. Ich schnuppere vorsichtig. Doch, dieser Geruch ist okay, mir wird nicht schlecht. Ich hebe einen Daumen und setze mich etwas wackelig auf den freien Klappstuhl.

»Ich will nicht weiter drüber reden, ich bin fit, lasst uns essen«, sage ich nur und fixiere die Kartoffeln. Die werden mich retten.

»Wollen wir vor dem Essen noch einen kurzen Silvester-Wunsch äußern?«, fragt Luise dann.

Puh, sie ist manchmal so kitschig. »Ich hasse Neujahrsvorsätze und so Kram. Außerdem wünschen wir uns doch eh alle das Gleiche«, pampe ich dazwischen, und Luise sieht mich verletzt an.

Sie will schon zu etwas wie einer Entschuldigung ansetzen, doch natürlich habe ich sofort gemerkt, dass ich unfair bin.

»Sorry, Luise«, schiebe ich schnell hinterher. »Vielleicht ist das eine gute Idee. Wegen des positiven Denkens und so.«

Ella grinst mich an und nickt bestätigend. »Ich fange mal an«, sagt sie. »Wir setzen als größten Wunsch von uns allen voraus, dass wir dieses Jahr gesund werden«, sie wirft einen Seitenblick auf Jakob, »oder bleiben. Dass wir alle drei in diesem Jahr krebsfrei sein werden und zwar für immer.«

Wir nicken brav.

»Also erzählen wir uns jetzt unsere zweitgrößten Wünsche.« Ella legt einen Finger an die Lippen und denkt kurz nach. »Mein größter Wunsch ist, dass die OP nächste Woche gut verläuft. Dass sie den ganzen Tumor rausschneiden und dass ich mit der Endoprothese gut umgehen kann. Dass ich langfristig ein halbwegs normales Leben führen kann, in dem ich laufe, tanze …« Sie bricht ab und Tränen schießen ihr in die Augen. Erschrocken bettet Jakob ihren Kopf an seinen Pulli.

Mist, ich hätte mir denken können, dass das so eine Runde wird. Schon bildet sich ein Kloß in meinem Hals und ich will einfach mitheulen.

Luise tut das schon und greift nach Ellas Hand. Auch aus Jakobs Augen laufen Tränen und versickern in Ellas Mütze.

»Dieses Knie, dieses Schienbein, das ist einfach achtzehn Jahre in mir gewachsen, hat mich achtzehn Jahre durchs Leben getragen. Und dann hat es mich verraten. Mit dem Metall im Bein werde ich mich nie mehr normal bewegen können. Ich will einfach nur, dass ich trotzdem ein aktiver Mensch bleiben kann.«

Jetzt heulen wir alle richtig. Ich versuche nicht mehr, es zu unterdrücken, sondern lasse meinen Tränen freien Lauf.

Ich glaube, ich schluchze sogar am lautesten, reibe mir mit den Fäusten die Augen und mache alles nur noch schlimmer.

Es dauert ein paar Minuten, in denen wir gemeinsam weinen, dann sagt Ella mit erstickter Stimme: »Okay, Jakob, jetzt du.«

Jakob schaut mit glasigen Augen auf die Silberzwiebeln. »Mein größter Wunsch ist natürlich auch, dass ihr alle gesund werdet.«

Ella winkt ab. »Den zweitgrößten.«

Jetzt lächelt Jakob wirklich. Das sieht ein bisschen komisch aus, weil sein Gesicht noch immer tränennass glänzt. »Mein zweitgrößter Wunsch ist, dich noch besser kennenzulernen. Und mit dir zusammen zu sein, egal, ob du laufen kannst oder nicht.« Jetzt fließen seine Tränen wieder, und auch Ellas Augen werden feucht. Die hebt sein Gesicht und drückt ihm heulend und lächelnd einen Kuss auf die Lippen.

Dieses Mal kommentiere ich das nicht.

»Luise?«, fragt Jakob dann, um die Aufmerksamkeit weiterzugeben.

Luise nickt und wischt sich mit ihrem Ärmel über das Gesicht. »Ich wünsche mir, dass meine Mutter versteht, was hier gerade passiert. Und dass wir bald wieder eine bessere Beziehung haben. Das wäre schön.« Ihre Unterlippe zittert, Jakobs auch, und die Geschwister sehen sich an.

Was ist eigentlich los mit uns, mit mir? Schon wieder bildet sich ein neuer Kloß in meinen Hals.

»Jetzt du, Sina«, sagt Luise aufmunternd, doch ich bin noch nicht bereit.

Ich will ansetzen, aber es kommt nur ein unterdrückter Laut heraus.

Luise legt mir beruhigend eine Hand auf meinen Unterarm. »Nimm dir Zeit«, raunt sie.

Das tue ich, ich warte, bis ich wieder sprechen kann. »Ich wünsche mir Freundinnen«, sage ich dann und ich sage das zum ersten Mal laut. Ein Stich durchfährt meine Brust, als ich das vor mir und den anderen zugebe. »Versteht mich nicht falsch, ich glaube, ihr seid auch so etwas wie Freundinnen …«

»Klar«, wirft Ella dazwischen.

»Aber ich brauche auch Freundinnen außerhalb meines Krebs-Lebens. Leute in der Schule, in meinem Alter. Eine beste Freundin, mit der ich alles teilen kann und die nicht vor Angst wegläuft …« Jetzt brechen meine Worte wieder ab und mein Hals ist so eng, dass ich nichts mehr sagen kann. Ich bedeute den anderen, dass ich fertig bin.

Wir alle atmen durch, versuchen runterzukommen, blicken eine Weile schweigend auf das Essen vor uns.

»Ich fühle mich leichter«, sagt Luise dann. »Danke.«

»Wollen wir essen?«, werfe ich ein.

Alle lachen und die Stimmung wird wieder ausgelassener.

Die anderen füllen ihre Pfännchen, ich halte mich heute Abend an trockene Kartoffeln mit Salz. Das tut meinem Magen richtig gut, und meine Übelkeit verschwindet fast gänzlich. Um zehn nehme ich die ersten Tabletten. Wir ziehen Knallbonbons, in meinem ist ein kleines Plastikferkel, das ich richtig süß finde und verstohlen in mein Portemonnaie stecke. Wir spielen Spiele, ich lege mich noch mal hin, aber um Mitternacht stehen wir draußen auf dem Balkon, beobachten die Raketen, und ich werfe mir die nächsten Pillen ein. Das war es also, das letzte Jahr.

»Dieses Jahr wird besser für uns«, ruft Luise in den Raketenlärm.

Ich möchte ihr glauben. Schnell wird mir kalt, ich schlüpfe wieder rein und beobachte die anderen durch die geöffnete Tür. Luise leistet mir bald Gesellschaft, Ella und Jakob stehen noch eine Weile eng umschlungen auf dem Balkon und schauen in den Himmel. Sie reden. Dann küssen sie sich und kommen rein.

»Wir sind jetzt zusammen«, sagt Ella, und Jakob an ihrer Seite strahlt. Ella hatte also recht, sie haben das im neuen Jahr geklärt.

Um kurz nach eins setzen Ella und ich uns ins Auto und sie fährt mich zurück ins Krankenhaus. Die Fahrt ist stressig, bei jedem Böller zucken wir zusammen, einmal explodiert etwas knapp vor der Windschutzscheibe. Feuerwerk ist eine dumme Angelegenheit.

Als wir vor Haus 11 halten, bedanke ich mich. »Danke, Ella. Das war das Beste, was ich heute hätte machen können.« Wir umarmen uns, dann steige ich aus und laufe ins Foyer. Es ist menschenleer. Ich habe den Fahrstuhl für mich allein und betrete die ruhige Station. Schnell laufe ich noch zum Glaskasten, dem Pflegestützpunkt, um mich bei Hatice anzumelden. Sie sitzt am PC und blickt auf, als ich komme.

»Ich bin wieder da«, sage ich.

Sie lächelt matt. Ihre Augen scheinen auch gerötet zu sein. »Hattest du einen schönen Abend?«, fragt sie, und ich nicke.

»Ich habe alle Tabletten genommen, sie sind auch dringeblieben.«

»Super«, entgegnet Hatice. »Ich komme gleich und stöpsel dich ans Wasser.«

Als ich gehe, sehe ich noch, wie sie sich mit dem Ärmel über die Nase wischt.

Am nächsten Morgen erfahre ich, dass in der Silvesternacht überraschend ein kleiner Junge verstorben ist. Es war einer von denen, die mit uns Playstation gespielt haben. Hoffnung und Tod liegen manchmal so nah zusammen.

Januar

Ella

Meine Eltern sind für die OP gekommen. Schon zwei Tage vorher sind sie angereist. Svea und Ayla haben angeboten, sich für eine Nacht ein Zimmer zu teilen, danach ziehen meine Eltern in mein WG-Zimmer, denn ich werde ungefähr zwei Wochen im Krankenhaus liegen. Zum Glück verstehen sich meine Familie und meine Mitbewohnerinnen so gut.

Vor wenigen Tagen hatte ich eine MRT- und eine CT-Untersuchung. Der Tumor im Knie sieht unverändert groß aus, aber wenigstens nicht größer. Auch der Oberkörper ist okay, lediglich einen kleinen Knubbel in der Lunge habe ich, eine Narbe, wahrscheinlich von einer Erkältung. Trotzdem war ich supernervös während der Untersuchungen.

Am Abend vor der OP war ich mit Jakob tanzen, nicht sehr lang, aber ich wollte das noch ein letztes Mal tun, ein letztes Mal mit meinem Knie.

Jetzt sitzen wir im Auto, meine Eltern und ich, es ist sieben Uhr morgens. Bisher habe ich den Gedanken an die OP immer verdrängt, doch jetzt ist er riesengroß und angsteinflößend. Nervös zupfe ich an meiner Jacke. Das Aufklärungsgespräch hatte ich schon vor ein paar Tagen. Alle Risiken, von der allergischen Reaktion durch das Narkosemittel über Infektionsgefahren, bis zum Tod wurden mir erklärt. Ich habe mich nur an der Stuhlkante festgeklammert und genickt. »Das ist eine schwerwiegende OP«, wurde mir immer wieder versichert. Danke dafür. Auch der Anästhesist klärt mich auf, ich werde einige Stunden schlafen und dann mit neuem Metallknochen und einem Blasenkatheter aufwachen. Na toll.

Meine Eltern und ich betreten mit dem Rollkoffer die Chirurgie-Station. Eine Ärztin bringt mich in ein Doppelzimmer. Die andere Person schläft noch.

»Sie sind nüchtern?«, fragt die Ärztin. Meine Eltern und ich nicken gleichzeitig. »Ihre OP ist für zehn Uhr terminiert.«

Dann heißt es also warten. Eine Stunde später kommt die Ärztin wieder rein. »Die OP vor Ihnen ist ausgefallen, Sie sind jetzt dran. Bitte ziehen Sie sich das Hemd an.«

Eine plötzliche Nervosität ergreift mich.

»Hier«, sagt meine Mutter und reicht mir das Hemdchen und eine Netzunterhose.

Ich gehe kurz ins Bad und ziehe mich um, in dem Kittel fühle ich mich krank und verkleidet.

Dann geht es los. Ich lege mich in das Bett, der Transportdienst kommt und schiebt mich durch die Gänge in den OP-Trakt, meine Eltern immer an meiner Seite. Vier Stunden soll die OP dauern, danach ist alles anders.

»Alles wird gut!«, sagt mein Vater noch und drückt meine Hand, dann komme ich in die OP-Schleuse. Der Anästhesist, den ich schon kenne, ist hier und noch zwei weitere. Sie hängen mich ans Betäubungsmittel. »Sie werden gleich nichts mehr spüren und nach der OP im Aufwachraum liegen.«

Jetzt bekomme ich doch richtig Angst. Das Letzte, an das ich mich erinnere, ist, dass ich weine. Weinend muss ich auch eingeschlafen sein. Es ist neun Uhr am Morgen und ich werde in vier Stunden mit einem Knie und Schienbein aus Metall erwachen.

Als ich die Augen öffne, kann ich mich nicht orientieren. Ich fühle mich dumpf, liege auf einem schmalen Metallbett, die Wände sind gefliest, riesige OP-Lampen hängen von der Decke. Es ist unglaublich warm hier. Um mich herum herrscht hektisches Gewusel. Menschen in weißen Kitteln rennen umher. Wo bin ich? Dann fällt es mir langsam wieder ein. Ein Schreck durchfährt mich. Bin ich etwa zu früh aufgewacht? Mit steifem Nacken drehe ich meinen Kopf. Ein Arzt hastet an mir vorbei, ich erkenne ihn, es ist der Chefchirurg.

»Ist alles raus?«, lalle ich mit schwerer Zunge und brüchiger Stimme.

Er sieht mich über seinen Mundschutz hinweg an. »Das wird Ihnen später die Stationsärztin erklären, an alles, was ich Ihnen jetzt sage, werden Sie sich nicht erinnern.«

Das stimmt nicht, später werde ich mich an alles erinnern und an das schreckliche Gefühl, dass er mehr über mich weiß als ich selbst und es mir nicht sagt.

Mein Nacken ist steif, ich drehe den Kopf zur einzigen

Uhr im Raum. Siebzehn Uhr. Ich versuche zu rechnen, es dauert ewig, bis ich das Ergebnis im Kopf habe. Acht Stunden. Es hat nicht vier, es hat acht Stunden gedauert. Das ist bestimmt ein schlechtes Zeichen. Alles in meinem Bauch krampft sich zusammen.

Endlich kommt jemand und schiebt mich in den Aufwachraum. Inzwischen bin schon wirklich wach. Hier muss ich eine Weile liegen, ich bin noch nicht ganz in meinem Kopf angekommen.

Gegen neunzehn Uhr schieben sie mich wieder durch die langen Krankenhausgänge auf die Station. In meinem Zimmer sitzen meine Eltern und Jakob mit sorgenvollen Blicken.

»Oh, Ella«, ruft meine Mutter, springt zu mir und drückt meinen Kopf an sich.

Ich kann alles noch nicht ganz realisieren. Jakob gibt mir einen vorsichtigen Kuss auf die Wange, und Papa streichelt mir den Kopf. Sie geben mir ein Tablett mit Essen.

Ich habe den ganzen Tag noch nichts zu mir genommen und versuche mich an einem Stück Brot, lasse es aber schnell wieder sein. Zum ersten Mal schlage ich vorsichtig meine Decke zurück und sehe diesen Fremdkörper vor mir. Mein komplettes rechtes Bein steckt in einer leicht angewinkelten Schiene, die mit dunkelblauem Stoff überzogen ist. Mein Fuß und der Teil des Oberschenkels, der herausragt, sind rot. Das ganze Bein wurde zur Desinfektion eingepinselt.

Und dann, zum Glück, kommt noch die Stationsärztin

rein. Sie hat ein Klemmbrett in der Hand und überfliegt die Zettel darauf.

»Frau Bauer, die OP lief gut.«

»Warum hat es so lange gedauert?«, flüstere ich.

»Es hat so lange gedauert, weil der Chirurg sich bei Ihnen besonders viel Mühe gegeben hat.«

»Es wurde also nicht noch mehr Krebs gefunden?«

Sie lächelt. »Nein. Es wurden während der OP auch immer wieder Gewebeproben als Schnellschnitt eingesendet und die OP-Ränder scheinen frei von bösartigen Zellen zu sein.«

Zum ersten Mal an diesem Tag breitet sich ein warmes Gefühl in meinen Bauch aus.

»Ella, es ist vorbei«, meint mein Vater mit glänzenden Augen.

»Ich werde mir jetzt noch einmal die Wunde ansehen und einen neuen Verband machen«, erklärt die Ärztin. Sie öffnet die Schnallen der Schiene und dann liegt mein rotes dickes Bein ganz entblößt vor mir. Breite Pflaster reichen von oberhalb des Knies bis auf die Mitte meines Schienbeins. Jetzt bemerke ich erst den Schlauch, der ganz oben in meinem Bein steckt und in dem Blut ist.

»Das ist die Wunddrainage«, meint die Ärztin, als sie meinen Blick bemerkt. »Die bleibt noch ein paar Tage drin.«

Dann entdecke ich auch den mit Urin gefüllten Blasenkatheter und fühle mich schrecklich. Praktisch ist der natürlich, ich werde die nächsten Tage nicht aufs Klo gehen müssen.

Die Ärztin zieht sich Handschuhe an und zupft vorsichtig die Verbände ab. Dann sehe ich zum ersten Mal das Werk. Es sieht aus wie ein Frankenstein-Bein. Rot von der Desinfektion zieht sich der Schnitt in einem S von meinem unteren Oberschenkel auf die Mitte des Unterschenkels. Dicke schwarze Fäden mit Knoten drin halten die beiden Hautteile zusammen. Die Haut sieht aus wie Stoff, den man einfach zusammengenäht hat. Mir wird klar, dass der Körper in großen Teilen auch einfach nur Material ist. Das ist es also, mein neues Bein.

Die Ärztin nickt. »Sieht super aus. Wir lassen das jetzt ein paar Minuten offen liegen, dann verbinde ich es erneut. Es ist sehr wichtig, dass Sie nicht versuchen, das Bein zu strecken oder zu beugen. Jede Menge Muskeln wurden an die Prothese genäht, es dauert eine Weile, bis wir das bewegen dürfen, sonst reißen die Muskeln wieder ab.«

Es gruselt mich, die Verantwortung für mein eigenes Bein ist mir zu groß. Aber ich habe eh nicht das Bedürfnis, es zu bewegen. Es tut irgendwie weh, doch der Schmerz ist dumpf, und als würde er nicht ganz zu mir gehören. Mein Fuß kribbelt und brennt. In meinem Po-Muskel steckt ein kleiner Schlauch, eine Schmerzpumpe, durch die Medikamente direkt an einen Nerv geleitet werden, um alles erträglicher zu machen.

Erschöpft schließe ich die Augen. Ich höre, wie sich meine Eltern und Jakob leise von mir verabschieden und dann gehen.

Am nächsten Morgen kommt eine Physiotherapeutin. Die Ärztin ist auch dabei und meine Eltern sind ebenfalls schon da. Die Ärztin erklärt, dass es wichtig ist, sich möglichst früh wieder auf das operierte Bein zu stellen.

»Heute?!«, frage ich entsetzt. Ich fühle mich wieder einigermaßen klar, obwohl ich mit Schmerzmitteln und Opiaten vollgepumpt bin. Aber natürlich will ich, dass alles schnell vorangeht, also klammere ich mich an der Physiotherapeutin fest und lasse mir aufhelfen. Sofort wird mir schwindelig, mein Bein tut weh, die Schläuche aus Blase, Wunde und Po-Muskel baumeln um meinen Körper herum. Ich schaffe fünf Sekunden, dann muss ich mich wieder hinlegen.

Etwa eine Stunde später geht es los. Es schießen Schmerzen durch mein Bein, meinen Fuß, meinen ganzen Körper, die ich so noch nie gespürt habe. Ich wusste es, es war zu früh. Ich heule, ich schreie, die Ärztinnen kommen und geben mir Medikamente, nichts hilft. Die Schmerztherapeutin wird gerufen und stellt das Medikament in meinem Schmerzkatheter höher ein. Mein Körper nimmt das nicht mehr an, ich krampfe, kann kaum noch atmen. Meine Hände klappen nach innen ein, mein Körper ist ein einziger Muskelkrampf.

Hilflos stehen meine Eltern am Bett, ich würde es ihnen gerne ersparen, aber ich kann nicht. »Man muss doch etwas tun können«, schreit meine Mutter verzweifelt die Ärztin an.

Meine Augen rollen weg, ich habe Angst zu ersticken,

ich sehe nur noch lila Punkte, alles wird schwarz. Ich werde fast ohnmächtig vor Schmerzen. Niemand kann mir helfen.

Sina

Ich habe eine Tüte Nüsse für Ella gekauft, sie liebt Nüsse. Damit ausgestattet betrete ich zwei Tage nach ihrer OP die Chirurgie-Station.

»Ella Bauer?«, frage ich und ein Pfleger deutet mir den Weg zu ihrem Zimmer.

Ich klopfe vorsichtig.

»Herein«, sagt eine tiefe Stimme.

Ich öffne die Tür. Ella liegt schneeweiß im Bett, sie trägt ein Krankenhaushemd und jede Menge Schläuche stecken in ihrem Körper. Auf der Fensterbank sitzt ein müde aussehender Mann.

»Hey«, sage ich leise, und Ella dreht vorsichtig den Kopf. Mit bleichen Lippen lächelt sie mich an. »Ich bin Sina«, sage ich dann zu dem Mann. »Mein Immunsystem ist gerade nicht so stabil, deswegen gebe ich Ihnen nicht die Hand.«

Er nickt und winkt mir. »Ich bin Holger, Ellas Papa.«

Ich ziehe mir einen Stuhl heran und setze mich zu meiner Freundin ans Bett. »Wie geht es dir?«

Ella senkt den Daumen. »Ich habe einen Medikamenten-Kater. Gestern habe ich so viele Schmerzmittel bekommen, dass es mir jetzt richtig schlecht geht«, krächzt sie und schließt kurz mit schmerzverzerrtem Gesicht die Augen.

»Und … haben sie alles erwischt?«, frage ich vorsichtig.

Jetzt lächelt Ella. »Sieht so aus. Es gab auf jeden Fall keine unangenehmen Überraschungen.«

»Gut!« Ich bin sehr erleichtert. Man weiß ja nie, was man so findet, bei einer solchen OP.

Ellas Zimmernachbarin ist alt und schnarcht. Perfekt.

Es klopft kurz und eine Frau, die Ella sehr ähnlich sieht, kommt herein. In der Hand hat sie zwei Kaffeebecher. Sie blickt mich freudig überrascht an. »Du musst Sina sein.« Sie hält mir ihre Hand hin, doch dann bemerkt sie es selbst und zieht die Finger zurück. »Entschuldige«, sagt sie mit schiefem Grinsen. »Ich lerne noch.« Sie reicht Ellas Vater einen Becher. »Möchtest du auch etwas, Sina?«, fragt sie.

»Danke, ich hole mir schnell einen Tee vom Flur.«

»Ach, bleib sitzen, ich mach das schon«, meint sie und bringt mir eine Minute später einen Kräutertee. Dann kramt sie eine Tüte Schokokekse aus ihrer Tasche. »Ella, Sina, wollt ihr?« Ella greift in die Tüte und nimmt sich einen, ich auch.

Letztlich knabbern wir alle vier an den großen flachen Cookies mit dicken Schokostückchen, und ich fühle mich sofort wohl. Eltern, die ihrer krebskranken Tochter Süßigkeiten kaufen, sind mir sympathisch.

Ella liegt die meiste Zeit der nächsten Stunden mit geschlossenen Augen da, aber sie ist wach, manchmal nickt sie. Deswegen unterhalte ich mich vor allem mit ihren Eltern. Ich bin ein bisschen neidisch, weil die im Gegensatz zu meinen echt cool sind.

Bald wird das Mittagessen reingebracht und Ella versucht sich am Kartoffelpüree. Wir grinsen uns an, schließlich wissen wir beide, dass es furchtbar schmeckt. Und dann lässt Ellas Schmerzmittel nach, von einem auf den anderen Moment fängt sie an, heftig zu atmen und drückt sich verkrampft in die Polster.

Sofort springt ihr Vater auf und rennt aus dem Zimmer.

»Ganz ruhig atmen.« Ellas Mutter stellt sich neben ihre Tochter und versucht sie zu beruhigen, reicht ihr eine Papiertüte, die Ella sich vor den Mund hält. »Einatmen. Ausatmen.«

Ella schafft es nicht, ihre Atmung zu kontrollieren, stattdessen zieht sie immer heftiger und kürzer die Luft ein, wirft die Tüte weg, ihre Arme und Hände verkrampfen und Schmerztränen strömen aus den braunen Augen über ihr gerötetes Gesicht.

Jetzt ist Holger mit einer Ärztin zurück. Ohne lange zu überlegen, steckt die ein kleines Fläschchen an Ellas Infusionsschlauch und lässt die Flüssigkeit einlaufen.

Es dauert noch ein paar Minuten, in denen Ella heftig krampft und atmet. Es ist schwer mit anzusehen. Dann nickt sie ein.

Die Ärztin bleibt noch einen Moment, ehe sie sagt: »Sie wird jetzt eine Weile schlafen. Rufen Sie mich gerne, wenn sie wieder wach ist.« Sie verlässt das Zimmer.

Sorgenvoll blicken die Eltern auf ihre ruhende Tochter.

Ich erhebe mich. »Schön, Sie kennengelernt zu haben. Ich gehe mal los.«

»Nett, dass du da warst«, sagt Holger. Beide winken mir und ich verlasse die Station.

Ich rufe meine Mama an. Sie kauft irgendwas ein und braucht noch etwa eine halbe Stunde, bis sie mich abholt. Das macht mir nichts, ich stehe ein bisschen in der Januarkälte und spüre, wie mir der Frost in die Hände beißt. Das fühlt sich wenigstens lebendig an.

Irgendwann fährt sie vor, ich winke und steige ein.

»Danke, Mama, dass du mich abholst«, sage ich brav.

»Prinzessin, war es denn schön bei deiner Freundin?« Sie wirft ihre blonden Locken nach hinten und trommelt mit ihren langen Fingernägeln nervös auf dem Lenkrad herum, dann schenkt sie mir ein hektisches Lächeln. Sie zuckt kurz zurück. »Sina, ist das Schokolade in deinem Mundwinkel?«

Ertappt wische ich mir mit dem Ärmel über den Mund.

Mama atmet einmal tief durch. Dann wird ihre Stimme weinerlich. »Prinzessin, wie oft soll ich dir noch sagen, dass dich dieser Zucker umbringen wird?! Dein Krebs ernährt sich davon und wird größer und größer.«

Obwohl ich an diesen Humbug nicht glaube, macht sie mir Angst. »Das kannst du doch nicht zur mir sagen«, murmle ich, aber sie überhört das.

»Wenn diese verantwortungslosen Leute dir Schokolade geben, dann kannst du deine Freundin leider nicht mehr besuchen.« Sie beschleunigt und fährt viel zu schnell.

»Das kannst du doch nicht zu mir sagen«, brülle ich

noch einmal und sie drückt erschrocken stärker aufs Gaspedal. »Und außerdem sterbe ich eher an deinem Fahrstil als an Krebs. Mama, du fährst fast hundert!«

Sie guckt auf den Tacho und bremst so plötzlich ab, dass ich in den Gurt fliege.

»Du machst mich völlig fertig, Prinzessin«, jammert sie.

»Du mich auch«, schreie ich wütend zurück und mir laufen heiße Tränen übers Gesicht, die ich hastig wegwische. »Ich will aussteigen.«

»Sag nicht so etwas Dummes.« Natürlich lässt sie mich nicht raus. Die nächsten zwei Stunden schweigen wir.

Luise

Es ist völlig verrückt, aber das nächste Mal, dass ich auf die Kinder-Onko gehe, soll auch mein letztes Mal sein. Der allerletzte Zyklus. Die Zwischenergebnisse waren gut, es ist nichts mehr zu sehen. Ich kann es kaum glauben, dass die Chemo-Zeit für mich vorbei sein soll. Es folgen noch weitere Bestrahlungen, aber für die werde ich von zu Hause abgeholt und muss nicht mehr dauerhaft ins Krankenhaus.

Ich melde mich an und lasse mich ans Wasser stöpseln. »Starten wir heute?«, frage ich Pfleger Sven, der bedächtig alle Kabel und Schläuche an meinem Infusionsständer sortiert. »Wenn alles gut geht, dann um sechzehn Uhr.« Er schiebt sich die Brille nach oben. Dann schaut er sich verstohlen um. »Wenn du willst, kannst du aber auch noch mal los, mit Infusionsständer natürlich.«

Ich grinse. »Darf ich so lange rüber auf die Chirurgie?«

Er blickt auf die Uhr. »Klar. Hast du dein Handy dabei? Dann rufe ich an, wenn die Chemo da ist.«

Ich nicke, springe vom Bett und halte kurz inne. »Sven?«, frage ich.

»Ja?«, entgegnet er und wickelt das letzte Kabel akkurat um den Ständer. Er macht das alles immer sehr ordentlich.

»Wie hältst du diese Arbeit eigentlich aus. All die kranken Kinder, den Tod. Wie machst du das?«

Er schluckt. Plötzlich lässt er sich auf einen der Stühle im Zimmer fallen, das hat er noch nie gemacht, er wirkt immer so korrekt und professionell. Er stützt das Kinn auf beide Hände und blickt mich über die Brille hinweg ernst an. Wie alt mag er sein. Ende zwanzig?

»Ist schwierig«, sagt er dann. »Als ich hier angefangen habe, hatte ich viel damit zu kämpfen und es selten geschafft, die Gedanken an die Kinder nicht mit nach Hause zu nehmen.«

Ich schaue ihn an. »Und heute?«

Er seufzt. »Heute kann ich besser damit umgehen. Aber glaub mir, es passiert mir trotzdem oft genug, dass ich abends an euch alle hier denke. Und wenn ein Kind stirbt, dann trifft es mich jedes Mal aufs Neue.«

Ich zucke mit dem Mundwinkel.

Er lächelt zaghaft, dann hören wir im Flur, dass jemand geläutet hat. »Ich muss weiter«, erklärt er. »Du hast dein Handy?«

Ich zeige ihm mein Telefon und schiebe den quietschenden Ständer über den Flur.

Frau Fenn kommt mir entgegen und hebt die Augenbrauen. »Wo geht's denn hin?«, fragt sie.

»Rüber auf die Chirurgie, Ella Bauer besuchen. Ist mit Sven abgesprochen.« Ich versuche, das bedrückende Gefühl von dem kurzen Gespräch eben abzuschütteln.

»In Ordnung, wir starten heute, die Medikamente sind

bestellt«, sagt Frau Fenn noch, dann desinfiziert sie ihre Hände und geht in eines der anderen Zimmer.

Der Weg in die Chirurgie ist beschwerlich, ich muss über Kopfsteinpflaster, aber eine freundliche Frau kommt und trägt den Infusionsständer für mich rüber. Ich will mich jetzt auf meine Freundin konzentrieren.

Die Sonne scheint und ich ziehe kurz meine Mütze ab, damit auch meine Glatze etwas Licht abbekommt. Es sind nun schon zehn Tage, die Ella drüben liegt. Ich habe ihre Eltern kennengelernt, doch die sind jetzt wieder abgereist, weil Ella heute oder morgen entlassen wird. Ich schiebe meinen Infusionsständer in den Aufzug und drücke auf die Drei. Wer weiß, vielleicht hat sie heute schon die gute Nachricht, dass sie entlassen wird, bekommen?

Als ich mit meinem Infusionsständer über den Flur laufe, kommt gerade die Physiotherapeutin aus Ellas Zimmer. Ich klopfe und trete ein.

Die Lymphdrainagen-Frau steht jetzt am Bett meiner Freundin und drückt an den verschiedenen Lymphknoten herum.

»Luise!«, freut sich Ella. Inzwischen hat sie wieder etwas Farbe im Gesicht und kann mit dem Bein in der blauen Schiene bereits einige Meter über den Flur humpeln. Immer mit Gehstützen natürlich.

Ich setze mich an ihr Bett. Kleine schwarze Tabletten liegen in ihrem Pillenkästchen, das sind die Opiate.

»Wie läuft es mit dem Fuß?«, frage ich nach und betrachte die roten Zehen.

Ella rollt mit den Augen. »Der brennt wie Hölle. Tagsüber geht es, aber nachts brennt der Fuß und das Knie tut weh, ich brauche fast immer Extra-Schmerzmittel.«

»Und die Bewegung?«

Ellas rechter Fuß zuckt, während die Frau ihre Lymphdrainage unterhalb der Schlüsselbeine beendet und sich verabschiedet. »Geht leider nicht, die Zehen hochzuziehen. Sie dachten erst, es liegt am Schmerzkatheter, dass der die Nerven zu sehr betäubt. Aber der wurde mir gezogen und es geht noch immer nicht.«

Wir unterhalten uns eine Weile. Für Ella soll in ein paar Wochen die nächste Chemo starten und jetzt auch noch mal Bestrahlung auf den operierten Bereich, zur Sicherheit.

Ella greift sich ein Gymnastikband und versucht, ihren Fuß an sich heranzuziehen. »Damit sich nicht alle Muskeln verkürzen«, erklärt sie und macht weiter. »Jetzt kann ich schon einige Meter laufen, Schmerzkatheter, Wund- und Blasenschlauch sind raus, wenn ich Glück habe, kann ich heute gehen.«

Trotz der dicken Schiene und der Strapazen sieht Ella irgendwie gelöst aus. Immerhin ist der Krebs raus aus ihrem Körper. Alles, was jetzt noch kommt, ist lediglich eine ergänzende Sicherheitsmaßnahme.

Kurz darauf tritt der behandelnde Chirurg ein. Hoffnungsvoll setzt Ella sich auf. Er hat eine dicke Akte in der Hand, die Tür zum Flur ist offen, und ich sehe, wie der Wagen mit dem Mittagessen vorbeigeschoben wird.

Er wirft einen kurzen Blick auf mich. »Darf sie bei der

Visite dabei sein?«, fragt er Ella knapp. Irgendetwas an seinem Tonfall mag ich nicht.

»Klar«, sagt Ella.

»Frau Bauer, ich habe eine gute und eine schlechte Nachricht«, sagt er und fixiert Ella.

Ich sehe, dass sie sich sofort anspannt und die Fäuste ballt.

»Die gute ist, Sie dürfen heute gehen. Die schlechte ist, Sie haben eine Metastase in der Lunge.«

Bumm!

Einen Moment hängt der Satz in der Luft und gar nichts passiert. Mein Magen krampft sich zusammen, ich traue mich nicht, zu meiner Freundin zu blicken, tue es dann trotzdem.

Erst ist sie blass, dann wird sie rot und ein Schluchzen bricht aus ihr heraus. »Das kann nicht sein!«, ruft sie und schaut den Arzt wütend an. »Ich habe alle Therapien gemacht, Hochdosis, bei den Zwischenuntersuchungen war nichts zu sehen.«

Der Arzt atmet tief durch und sieht ein bisschen genervt aus. »Die Radiologen haben sich die CT-Bilder noch mal genauer angesehen. Sie bewerten den Knubbel in der Lunge nun doch anders und gehen davon aus, dass es eine Metastase ist.«

Ella sackt zusammen. »Wie kann das sein? Sie waren doch sicher, dass es eine Narbe ist? Wie … warum …?«, stammelt sie, ihre Unterlippe zittert.

»*Sie gehen davon aus*, heißt das, es ist nicht zu einhundert Prozent sicher?«, frage ich hoffnungsvoll, und greife Ellas kalte Hand.

»Ganz sicher kann man natürlich nur sein, wenn eine Biopsie durchgeführt und eine Gewebeprobe untersucht wird.«

Der Arzt schaut auf seine Uhr. »Ist der Krankentransport schon bestellt? Fahren Sie doch erst mal nach Hause und ruhen Sie sich ein bisschen aus. Dann sehen wir weiter.«

»Nee!« Ella lacht hart auf. »Wir sehen überhaupt nicht weiter. Es geht hier um mich.«

»Ich muss los.« Der Chirurg blickt erneut auf seine dicke Armbanduhr. »Der Pfleger packt Ihnen noch Tabletten für die nächsten drei Tage ein.« Und dann verschwindet er mit wehendem Kittel durch die offene Tür. Er hatte es nicht mal für nötig befunden, sie zu schließen, während er Ella die schreckliche Nachricht verkündete.

Jetzt bricht Ella zusammen, sie schluchzt, sie krallt sich im Laken fest, ihr Gesicht ist rot und schmerzverzerrt.

Ich versuche, nicht an mein Gespräch mit Pfleger Sven zu denken. Angst breitet sich in meinem Bauch aus.

Wir wissen beide, dass gerade der schlimmste aller möglichen Fälle eingetreten ist. Ella hat die intensive, hochdosierte Chemotherapie durchgezogen, alles, was man tun konnte. Und trotzdem hat der Krebs während der Zeit der Therapie seine Zellen gestreut, hat sie ins Ellas System geschickt. Jetzt hat sie eine Metastase in der Lunge, wer weiß, wo die Zellen noch überall sind.

Ich habe keine Ahnung, was ich sagen soll. Mehrmals setze ich an und schließe den Mund mit all den ungesagten Worten darin wieder. Wir schweigen und weinen und wissen nicht, wohin mit uns.

Ella

Meine Eltern reisen an, beide, sofort. Wie gelähmt sitze ich zu Hause in der WG in meinem Zimmer. Ayla hat sich vorsichtig erkundigt, ob ich mir Gesellschaft wünsche, aber ich will niemanden sehen. Das ist der Tiefpunkt meines Lebens. Ich weiß es einfach. Jetzt ist es raus. All die Hoffnung, all die Therapien, sie haben nichts gebracht. Ich bin achtzehn und ich werde sterben, an Krebs. Ich bin mir sicher, so wird es kommen.

Mit dem Gesicht voran liege ich auf meinem Sofa und heule und schreie in die Kissen. Ich bin völlig ausgelaugt, meine Welt ist schwarz. Die Gehstützen liegen neben mir. Die schmerzhafte OP, die Einschränkungen und trotzdem werde ich sterben.

Irgendwann raffe ich mich auf und nehme mein Handy. Ich rufe in der Ambulanz der Onkologie an und will einen Termin mit Frau Dr. Kowalski vereinbaren.

»Tut mir leid, den nächsten Termin kann ich Ihnen erst in einer Woche anbieten«, lispelt der Mann am anderen Ende. Eine Woche.

Ich lege einfach auf. Zum Glück habe ich die Nummer meiner Station eingespeichert. Ich rufe direkt auf dem Telefon der Ärztinnen an und Frau Dr. Kowalski meldet sich mit ihrem Namen.

»Ich kann keine Woche warten«, sage ich mit zittriger Stimme. »Ich will mit Ihnen sprechen.«

Sie klingt ehrlich betroffen. »Natürlich. Reicht es Ihnen, wenn wir uns morgen sehen?«

»Ja.«

Morgen also. Ich halt es nicht aus.

Erstaunlicherweise kann ich in der Nacht sogar schlafen. Ich habe so viel geweint, dass ich müde bin und dankbar, nicht mehr denken zu müssen. Morgens bin ich dennoch viel zu früh wach und humple mit den Stützen in die Küche.

Meine Eltern sitzen schon mit müden Gesichtern da und klammern sich jeweils an einer Tasse Kaffee fest.

Ich ertrage es kaum, sie so zu sehen. Umkehren kann ich aber auch nicht mehr.

Mein Vater schiebt mir sofort einen Hocker hin, auf den ich mein Bein legen kann. Wir schweigen. Wechseln dann doch ein paar unverfängliche Sätze, gespickt mit einigen »Das wird schon wieder«, doch ich kann das nicht mehr hören. Die Wahrscheinlichkeit ist hoch, dass es einfach nicht wieder wird.

Ich habe niemandem Bescheid gegeben. Jakob nicht und Sina nicht, die werden das schon von Luise erfahren. Meine WG weiß es natürlich. Ich habe mein Handy aus und werde es nicht anmachen, zu groß ist die Angst vor all den mitleidigen, bestärkenden und gut gemeinten Mut-Nachrichten.

Du musst kämpfen. Das wird schon wieder. Du bist eine Löwin. Du musst dem Krebs den Kampf ansagen. Ich kann es nicht mehr hören, am allerwenigsten die ganzen Kriegs-Metaphern. *Du musst, du musst, du musst.* Ich kann keinen Krieg gegen meinen Körper führen. Die Krebszellen sind Zellen von mir selbst. Sie müssen weg, klar, mein Körper hat mich betrogen, aber ein Krieg soll es nicht sein.

Endlich ist es Zeit, loszufahren. Wir setzen uns ins Auto und meine Eltern lassen mich vor der Onkologie raus, während sie noch einen Parkplatz suchen. Langsam gehe ich auf Stützen hinein, laufe gar nicht erst zur Anmeldung, sondern direkt nach hinten in die Ambulanz, wo auch Frau Dr. Kowalski ihr Behandlungszimmer hat. Ich erinnere mich, wie ich hier auf der Metallbank saß, nachdem ich die Diagnose bekommen habe. Wie ich Luise und Jakob getroffen hab, als alles noch ganz neu war. Ich setze mich auf dieselbe silberne Bank und schniefe. Jetzt ist nichts mehr neu. Aber besser ist es leider nicht geworden.

Als Frau Dr. Kowalski die Tür öffnet, haben wir bereits fast zwei Stunden gewartet. Weil mein Bein so wehtut, musste ich mich auf die komplette Länge der Bank legen, um es hochzulagern.

Frau Dr. Kowalski drückt uns allen fest die Hand und deutet auf die Stühle. Wir setzen uns.

»Wie geht es weiter?«, stoße ich hervor, ehe wir die Zeit mit Lappalien vergeuden. Aus den Augenwinkeln sehe ich, wie meine Eltern sich einen Blick zuwerfen.

»Erst einmal, Frau Bauer«, Dr. Kowalski sieht mich voller Betroffenheit an, »möchte ich Ihnen sagen, dass es mir sehr leidtut. Ich habe mir natürlich auch ein anderes Ergebnis gewünscht.«

Ich ziehe die Nase wieder hoch und versuche, nicht zu weinen.

»Aber das ist noch lange nicht das Ende der Behandlungsmöglichkeiten. Wir werden zeitnah mit der nächsten Chemotherapie beginnen und die Medikamente umstellen. Ich stehe in Kontakt mit vielen Kompetenzzentren in Deutschland und bespreche Ihren Fall. Zusätzlich fängt jetzt ja die Bestrahlung des Beins an.«

»Wird meine Lunge auch bestrahlt?«

Frau Dr. Kowalski schüttelt den Kopf. »Nein. Wir schauen erst mal, wie sich die Therapien auf die Lungenmetastase auswirken. Wir machen auch keine Biopsie, das wäre ein weiterer möglicher Infektionskanal.«

Ich nicke. »Der Chirurg hat gesagt, dass die Radiologie die letzten CT-Bilder jetzt anders befundet. Wieso hieß es erst, dass es eine Narbe ist und jetzt eine Metastase?«

Frau Dr. Kowalski nickt. »Ja, in der Lunge ist das manchmal nicht ganz genau zu erkennen. Doch gerade bei Ihrer Vorerkrankung müssen wir davon ausgehen, dass es sich um eine Metastase handelt.«

»Es ist nicht gesichert?«, wirft da meine Mutter von der Seite ein.

»Wir sind uns sehr sicher, aber nein, wir können das im Moment nicht mit vollkommener Gewissheit sagen.«

»Ist die neue Chemo dann überhaupt sinnvoll?«, fragt da mein Vater.

»Wir werden jetzt mit der Therapie beginnen, die sowieso angedacht war. Das Sarkom war ein sehr seltenes und es gibt verschiedene Möglichkeiten für ein wirksames Medikament. Wir machen natürlich weiter.« Jetzt sieht sie mich wieder an. »Frau Bauer, wir tun alles, was in unserer Macht steht, damit Sie gesund hier rausgehen.«

Ich nicke knapp. Das reicht mir im Moment nicht.

Wir verabreden die nächste Chemo-Gabe für die kommende Woche. Bis dahin habe ich noch einen Planungstermin für die Bestrahlung.

Der findet zwei Tage später statt. Ich liege in einem Gerät und sie messen mich aus, legen den genauen Bestrahlungsbereich fest. Dann malen sie mit Filzstift Linien auf mein Bein. »Achten Sie darauf, die nicht abzuduschen«, ermahnt mich die Pflegerin. »Ziehen Sie die lieber immer wieder nach, das sind die Markierungen für die Bestrahlung und die sind sehr wichtig.«

In Ordnung, denke ich. Dann werde ich diese lila Linien eben nachziehen.

Ab nächstem Montag sind dreiunddreißig Bestrahlungen geplant, jeden Tag eine, außer am Wochenende. Wenn ich zu Hause bin, wird mich täglich ein Krankentransport abholen. Das muss ich aber noch bei der Krankenkasse bewilligen lassen, weil es sonst sehr teuer wird. Außerdem muss ich versuchen, eine Zuzahlungsbefreiung zu bekommen, damit ich nicht pro Fahrt zehn Euro drauflege. Das kann ich mir einfach nicht leisten. Doch für die Befreiung bin ich eigentlich noch nicht lange genug krank, gelte nicht als chronisch. Da muss meine Ärztin etwas drehen, sonst schaffe ich es finanziell nicht. Meine Eltern müssen eh gerade wieder für mich aufkommen, arbeiten kann ich ja nicht. Auch das Kinderwunschzentrum hat mir geschrieben, die erste Miete für die Eizellen im Trockeneis steht an, hundertfünfzig Euro alle sechs Monate.

Mir schwirrt der Kopf. Ich habe große Probleme. Es geht um mein Leben. Aber um die Finanzierung und die Organisation drum herum muss ich mich trotzdem kümmern. Ich muss funktionieren, alles auf dem Schirm behalten, mich irgendwie finanzieren. Krebs zu haben, bedeutet einen Vollzeitjob als Managerin für die eigene Krankheit.

Ich schaue auf den schwarzen Handybildschirm. Es ist weiterhin aus. Ich sollte mich bei Jakob melden. Aber ich habe Angst.

Sina

Zwei Tage, nachdem Luises Chemo angefangen hat, bin ich auch wieder dran. Ich habe extra gefragt, ob ich ein paar Tage früher beginnen kann, damit wir gemeinsam im Krankenhaus sind. Mein Blut gibt es her, Frau Fenn stimmt zu.

Als ich das Zimmer betrete, läuft Luises Medikation gerade. Sie schläft. Jetzt fällt mir auf, dass sie inzwischen auch keine Wimpern mehr hat.

Ein warmes Gefühl breitet sich in mir aus, während ich sie anschaue. Sie hat es mir hier leichter gemacht. Ihre Perücke hängt über einer Wasserflasche, vielleicht hatte sie plötzlich Lust auf Haare.

Meine Mutter schleicht hinter mir ins Zimmer, dieses Mal ist sie es, die eine Woche ins Gästehaus geht. Papa wird arbeiten. Allein sind die beiden jeweils besser auszuhalten.

Ich platziere mich schon mal im Bett und ziehe meine Jogginghose an. Meine Mutter setzt sich neben mich und versucht ein Gespräch anzufangen, doch ich habe keine Lust darauf. Da lässt sie es und tippt auf ihrem Handy herum.

Ich zücke ebenfalls mein Smartphone und gehe in den Chat mit Ella. Weiterhin nur ein Haken. Sie hat ihr Smartphone noch immer nicht angeschaltet. Es tut mir weh, dass sie keinen Kontakt will. Ich verstehe das schon, schließlich habe ich Lisa auch erst Bescheid gegeben, dass ich wieder Krebs habe, nachdem ich es schon eine Weile wusste. Trotzdem. Sie zieht sich gerade aus allem raus.

Ich warte, bis das Mittagessen kommt. Dann wird mein Port ans Wasser angeschlossen und Luise wacht auf. Als sie das Essen riecht, übergibt sie sich in den Eimer neben sich.

Meine Mutter zuckt zusammen und schafft es nicht, ihre Gesichtszüge unter Kontrolle zu behalten.

»Prinzessin, ich gehe auch mal zu Mittag essen«, raunt sie dann und verlässt fluchtartig das Zimmer.

Ich drücke auf die Glocke und Hatice ist ziemlich schnell da.

»Oh, Luise«, sagt sie, rennt zu ihrer Patientin und hält sie fest. Als Luise fertig ist und sich erschöpft in die Kissen zurücklehnt, nimmt Hatice den Eimer sofort mit und bringt ihn aus dem Zimmer. Da erst entdeckt Luise mich.

»Oh, hey«, sagt sie und lächelt schwach. Ihr Gesicht ist grün.

»Hey«, antworte ich. »Wie geht's?«

»Schlecht«, entgegnet Luise. »In dem Zustand soll ich nachher noch zur Bestrahlung. Wetten, dass ich da wieder ewig warten muss?«

Luise bekommt jetzt schon eine Weile Bestrahlung auf den Kopf und bei Ella geht das auch bald los.

Luise seufzt. »Aber es ist das letzte Mal Chemo. Das macht mich froh!« Sie versucht sich an einem Lächeln. »Ich kann gar nicht fassen, dass ich bald nicht mehr stationär herkomme.«

Mein Bauch zieht sich schmerzhaft zusammen. »Ich kann das auch nicht fassen«, sage ich.

Luise merkt sofort, was ich denke. »Sina«, sagt sie leise. »Ich besuch dich trotzdem!«

»Aber du willst doch sicher erst mal Abstand und nicht weiterhin jeden Tag hier sein.«

»Für dich würde ich es machen«, entgegnet sie. »Vielleicht hole ich dich ja mal ab und wir gehen ins Kino – mal wieder mit Perücken?«

»Das ist lieb.«

Wir schweigen beide. Hatice kommt mit einem kleinen Fläschchen rein.

»Vomex gegen die Übelkeit?« Sie hebt fragend die Augenbrauen.

»Danke.« Luise winkt ab. »Nachher. Sonst schlafe ich sofort wieder ein.«

Hatice nickt und platziert das Fläschchen neben Luises Tabletten. »Für später«, sagt sie. »Brauchst du sonst noch etwas?«

»Vielleicht Wasser.«

»In Ordnung.« Hatice verlässt erneut den Raum.

»Hast du was von Ella gehört?«, frage ich vorsichtig.

Luise schüttelt den Kopf. »Nein. Seit ich sie nach Hause begleitet habe, nichts mehr. Jakob auch nicht.«

Ich schlucke. »Es geht ihr schlecht, oder?«

»Es ist furchtbar. Und wir wissen noch nicht einmal,

wann sie wieder auf Station kommt. Ich fühle mich total hilflos.«

»Wir könnten ihr einen Brief schreiben«, schlage ich vor.

Luise horcht auf. »Das ist eine richtig gute Idee. Lass uns das jetzt gleich machen.«

Ich gehe an meine Tasche und krame Papier und Stifte heraus. Bei Jakob meldet sie sich also auch nicht. Da fällt mir noch etwas ein.

»Sie hat bald Geburtstag«, sage ich. »In drei Wochen oder so. Sollen wir sie fragen, ob wir zusammen etwas unternehmen wollen?«

Luise wiegt bedächtig den Kopf hin und her. »Ich kann mir vorstellen, dass sie gar keine Lust hat, Geburtstag zu feiern.«

»Wir schlagen es trotzdem vor«, bestimme ich. Gemeinsam schreiben wir den Brief, bis Luise für die Bestrahlung abgeholt wird und ich meine Chemotherapie bekomme.

Meine Mutter ist wieder da und verspricht, den Brief später einzuwerfen. Hoffentlich tut sie das.

Luise

Drei Tage später ist der Tag meiner Entlassung. Draußen scheint die warme Wintersonne, wir sind wieder in dem Zimmer mit dem schrecklichen Clown am Fenster. Der Kreis schließt sich. Ich fühle mich wackelig, mein Gesicht ist vom Cortison aufgedunsen, aber die Übelkeit habe ich schon wieder besser im Griff.

Sina liegt in ihrem Bett und schaut abwesend gegen die Decke. Ihre Medikamente müssen heftig sein, sie ist kaum ansprechbar. Um zwölf holen Papa und Jakob mich von meinem hoffentlich letzten stationären Aufenthalt ab.

Ich habe gemischte Gefühle im Bauch. Klar, eine Weile werde ich noch zu den Bestrahlungen fahren, aber mein Leben wird nicht mehr von den Krankenhausaufenthalten strukturiert sein. Ich weiß gar nicht mehr, wie es funktioniert, dieses normale Leben. Es macht mir Angst.

Um kurz vor zwölf kommt Frau Fenn mit meinem Entlassungsbrief rein. Sie setzt sich auf einen Stuhl und schaut mich aus ihren warmen braunen Augen an. »Wie geht es dir, Luise?«, fragt sie, und ich muss darüber nachdenken.

»Ich weiß nicht«, gebe ich zu. »Es fühlt sich unwirklich an, dass ich jetzt nicht mehr alle paar Wochen hier sein muss. Ich habe auch Angst.«

Frau Fenn nickt und gibt mir eine Karte. »Hier kannst

du dich melden, wenn du das Bedürfnis hast, mit jemandem über alles zu sprechen. Das ist eine psychoonkologische Beratung und eine Familienhilfe. Ich werde das auch deinen Eltern erzählen. Manchmal ist es gut, die ganze Phase noch mal rückblickend zu bearbeiten.«

Ich stecke das Kärtchen ein. »Danke. Aber erst mal will ich versuchen, alles zu vergessen und zu verdrängen. Ich kann nicht mehr.«

Frau Fenn nickt. »Ja, mach das. Verdrängen ist ein guter Mechanismus, zum Glück haben wir den.«

»Ja, zum Glück. Denken Sie, ich habe es geschafft?«

Frau Fenn lächelt. »Ich habe im Moment keinen Grund, vom Gegenteil auszugehen. Trotzdem ist es aktuell noch etwas zu früh, dass wir uns darüber Gedanken machen. Aber«, sie hält inne, »deswegen kommst du jetzt ja in die strukturierte Nachsorge und wir machen alle drei Monate neue Bilder.«

Ich nicke und bin ein bisschen enttäuscht. Lieber hätte ich gehört, dass sie sicher ist, dass das Thema Krebs hinter mir liegt. Aber klar, sie ist die Ärztin, so etwas kann sie nicht sagen.

Frau Fenn merkt mir an, dass ich nicht ganz zufrieden bin. »Luise, du kannst mich nicht darauf festnageln, und wir wissen nicht, was kommt. Aber ich«, sie atmet kurz durch, »ich persönlich glaube, dass du gesund bist. Und ich drücke meine beiden Daumen, dass wir uns ab heute nur noch zur Nachsorge und in der Sprechstunde sehen.«

Ich beginne zu strahlen und kann nur dieses eine Wort

in meinen Kopf hören, *gesund*. Meine Ärztin kann sich vorstellen, dass ich gesund bin.

»Danke … für Ihre Unterstützung und alles«, presse ich hervor und hoffe, nicht gleich loszuheulen. Am liebsten würde ich sie umarmen, doch das verkneife ich mir. Ich schaue rüber zu Sina, die abwesend in ihrem Bett liegt. »Sie sehen mich sicherlich demnächst auch noch als Gast hier.«

Meine Ärztin wartet bei mir, bis mein Vater da ist, und dann gehen wir zu dritt in ihr Büro. Jakob bringt währenddessen den Koffer ins Auto. Wir setzen uns, und Frau Fenn erklärt uns beiden noch mal die Möglichkeit, eine Psychoonkologin aufzusuchen, und erläutert uns das weitere Vorgehen. »In vier Wochen hast du noch einmal eine Abschlussuntersuchung mit Bildgebung. Danach sehen wir uns vorerst alle drei Monate zur Nachsorge, ebenfalls mit MRT. Ich möchte auch, dass du regelmäßig dein Blut kontrollieren lässt, in unserer Ambulanz oder bei deiner Hausärztin. Nach zwei Jahren erhöhen sich die Untersuchungsabstände auf sechs Monate.«

Mein Papa schreibt fleißig alles mit.

»Und jetzt gehe ich einfach hier raus?«

Frau Fenn lächelt. »Jetzt gehst du einfach hier raus. Den Port lassen wir noch ein paar Monate drin. Ich glaube nicht, dass wir ihn brauchen werden, aber sicher ist sicher.«

Und dann gebe ich ihr die Hand und bin entlassen.

Ein letztes Mal laufe ich als Patientin über die Station. Ich sage Sina Tschüss, aber sie nimmt es kaum wahr.

Hatice und Sven warten im Pflegestützpunkt auf mich.

»Mach es gut, Luise«, sagt Hatice und lächelt. »Und komm nie wieder!«

Sven schiebt sich die Brille auf der Nase nach oben. »Als Patientin natürlich, als Gast bist du jederzeit willkommen.«

Auch jetzt habe ich das Bedürfnis, beide zu umarmen, und dieses Mal mache ich das einfach. In meinem Hals hat sich schon wieder ein harter Kloß gebildet.

»Danke«, sage ich mit erstickter Stimme und folge dann schnell meinem Vater von der Station, damit sie die Tränen nicht sehen, die meine Wange hinablaufen. Die beiden sind mit Abstand meine liebsten Pflegekräfte.

Hinter mir liegt eine schreckliche Zeit. Aber ich habe tolle Menschen kennengelernt. Nicht alles war schlimm. Ich bin schon jetzt auf eine komische Art und Weise nostalgisch.

Zu Hause angekommen haben Jakob und Papa schon das Mittagessen vorbereitet und wärmen es noch mal auf. Es gibt Gemüsesuppe, die vertrage ich direkt nach den Chemos ganz gut.

Ich liege mit geschlossenen Augen auf dem Sofa und atme tief durch. Im Hintergrund höre ich Papa in der Suppe rühren und dann spüre ich, wie das Polster, auf dem ich liege, nachgibt. Ich öffne die Lider.

Jakob sitzt neben mir und schaut mich aus tief liegenden Augen an. »Weißt du etwas von Ella?«, fragt er mich.

Ich setze mich auf. »Nein. Sina und ich haben ihr einen Brief geschrieben.«

Jakobs Augen sind gerötet. »Sie antwortet nicht auf meine Nachrichten, die kommen nicht einmal an. Ich habe solche Angst.«

Ich nehme meinen großen Bruder in den Arm, er ist ganz schlapp und beginnt leise zu schluchzen. »Warum meldet sie sich nicht?«

»Gib ihr Zeit«, sage ich leise. »Es muss ihr gerade wirklich sehr, sehr schlecht gehen. Das hat nichts mit dir zu tun oder mit euch.«

Er nickt an meiner Schulter, und es zerreißt mir das Herz, wie mein Bruder weint. Und wie Ella leiden muss. Und wie in diesem Moment im Krankenhaus die kleine Sina teilnahmslos im Bett liegt und die Decke anstarrt, während das rettende Gift in sie gepumpt wird. All das zerreißt mir das Herz.

»Essen ist fertig«, ruft Papa.

Ich weiß nicht, wie ich wieder in einen normalen Alltag finden soll, und zum ersten Mal spüre ich die Größe des Loches, das sich vor mir auftut. Die Fähigkeit, ein normales Leben zu führen, ist mir verloren gegangen.

Ella

Wieder bin ich auf Station. Wieder liegt eine meckernde alte Frau neben mir, und ich habe keine Kraft, ihr etwas entgegenzuhalten. Ich bekomme zum ersten Mal die neuen Medikamente, ich bin allein. Schreibe weder Sina, Luise noch Jakob. Melde mich nicht bei Ayla und Svea, nur mit meinen Eltern skype ich, um das Handy nicht anschalten zu müssen.

Trotzdem kommt Ayla mich besuchen, als die Chemo schon läuft. Ich bin dösig im Kopf, meine Zunge ist schwer. Sie hat einen Brief dabei, er ist von Luise und Sina. Sie liest ihn, ich kann nur halb zuhören, Tränen laufen mir die Wangen hinab. Ayla legt den Brief auf meinen Nachttisch und verabschiedet sich.

Ich schlafe ein. Im Schlaf sehe ich Formen vor mir, dunkle große Bilder.

Es ist Nacht, ich wache auf, ich schlafe wieder ein. Am nächsten Morgen öffne ich die Augen. Links im Blickfeld sehe ich Affen. Sie stehen im Krankenhauszimmer und wollen, dass ich mit ihnen singe. Ich habe Angst – was wollen die Affen von mir? Ich kann kaum sprechen, höre nur, wie die Ärztin anordnet, dass die Medikamente langsamer einlaufen sollen. Dann geht es besser.

Ich liege trotzdem mit geschlossenen Augen da und

meine Lider sind zu schwer, um sie zu öffnen. Ich habe Angst vor der Nacht, Angst vor den Halluzinationen.

Svea kommt. Sie hält meine Hand und liest mir aus einem Buch vor, sie bleibt bis zum Abend. Ich übergebe mich, sie bleibt trotzdem. Die Frau neben mir wird in ein Einzelzimmer verlegt, sie hat einen Krankenhauskeim, jetzt wird sie isoliert.

»Soll ich bei dir bleiben, Ella?«, fragt Svea mich eindringlich. »Soll ich fragen, ob ich hier übernachten darf?«

Ich versuche einen Gedanken zu fassen, kann nur an die schreckliche Nacht denken, die Albträume, die Halluzinationen.

Ich weiß nicht, wie Svea es schafft, aber irgendwann kommt Frau Dr. Kowalski rein und fragt mich, ob es mir helfen würde, wenn meine Mitbewohnerin in der Nacht hierbleibt. Ich nicke.

Frau Dr. Kowalski ordnet an, das Zimmer für andere Patientinnen zu blocken. Schwester Sonja kommt und bringt das Bett weg, holt ein unbenutztes vom Flur und flüstert Svea etwas zu. Svea schiebt das neue Bett direkt an meins, sie bekommt das Abendessen, das ich nicht runterkriege.

Es ist dunkel draußen, das merke ich, denn die Farbe, die durch die Haut meiner Lider dringt, ist lila.

Svea liest mir weiter aus ihrem Buch vor.

Ich höre, dass sie eine Zahnbürste und einen Krankenhauskittel zum Schlafen bekommt. Sie macht sich fertig, legt sich neben mich ins Bett. Ich schlinge die Arme um ihre Taille und sie hält mich fest. Ich schlafe. Wieder habe ich Halluzinationen, aber wenn ich nachts aufwache, dann sehe ich Sveas ruhiges Gesicht und ich weiß, sie ist aus der Wirklichkeit, sie ist real.

Es dauert Tage, bis die Halluzinationen aufhören und ich wieder normal denken, gucken und sprechen kann. Ich habe Kopfschmerzen. Das war die schlimmste Chemo-Gabe, die ich jemals hatte. Die Angst, für immer in meinem Kopf gefangen zu sein und mich trotzdem kaum äußern zu können, war schlimmer als jede Übelkeit, jeder Schmerz.

Mit weit geöffneten Augen schaue ich aus dem Fenster.

Dann kommt Svea rein. Sie hat ein Tablett in den Händen. Darauf liegen drei Brötchen, Marmelade und Quark. Sofort erkennt sie, dass meine Augen wieder klar sind und eilt an mein Bett.

»Ella«, sagt sie. »Da bist du ja wieder.«

Ich nicke langsam.

»Willst du etwas essen?«

Da bemerke ich das Loch in meinem Bauch, und sie schmiert mir ein Brötchen. Ich kann mich kaum an die letzten Tage erinnern.

»Svea«, frage ich. »Wie viel Zeit ist vergangen?«

»Fünf Tage.«

»Warst du die ganze Zeit hier?«

»Ja.«

Ich stutze. »Wirklich?«

»Ja.«

»Hast du genug zu essen bekommen?«

Svea lacht. »Oh ja. Sophie, die Frau, die das Essen bringt, hat mir immer besonders viel angeboten.«

»Danke«, bringe ich mit brüchiger Stimme hervor.

»Bitte«, entgegnet Svea und beißt in ihr Brötchen, so als wäre es selbstverständlich, tagelang mit einer halluzinierenden Mitbewohnerin im Krankenhaus zu schlafen.

»Ich weiß gar nicht, was ich sagen soll«, flüstere ich verschämt.

»Danke hast du schon gesagt. Mehr ist nicht nötig«, entgegnet Svea.

»Was hast du denn die ganze Zeit gemacht, an diesem Ort?«

»Ich habe dir vorgelesen, das mochtest du. Wenn ich dir den Rücken gestreichelt habe, konntest du dich etwas entspannen. Und ich habe für meine Klausur gelernt.«

»Wann ist die?«

»Heute.«

»Heute?!«

»Ich bin nicht hingegangen.« Eine Welle des schlechten Gewissens durchströmt mich. »Das kannst du doch nicht machen.«

»Ich schreibe sie einfach am zweiten Termin.«

Wir kauen eine Weile auf unseren Brötchen herum.

»Und … Svea, hast du mir einen Brief vorgelesen? Von Luise und Sina?«

»Ja, Ayla hat ihn vorbeigebracht, und ich hab ihn dir immer mal wieder vorgelesen. Sie wollen deinen Geburtstag mir dir feiern.«

Wir schweigen wieder. Svea liest in ihrem Buch, ich lese den Brief. Es ist kaum auszuhalten. Ich denke auch an Jakob. Das ist jetzt wohl vorbei.

Dann ist Visite, Frau Dr. Kowalski kommt herein.

»Frau Bauer, wie geht es Ihnen?«, fragt sie mich und setzt sich an mein Bett.

»Besser. Ich kann mich an wenig erinnern.«

Frau Dr. Kowalski nickt, sie sieht auch müde aus. »Das waren die Medikamente. Manche Leute reagieren so stark darauf wie Sie.«

»Wird das immer so sein?«

»Die nächsten beiden Zyklen bekommen Sie andere Medikamente, erst danach ist wieder dieses dran.«

»Okay.«

»Frau Bauer«, setzt sie dann an und streicht sich das blonde Haar hinter die Ohren. »Ich habe noch mal mit den Radiologen gesprochen. Sie wollen sich nun doch nicht mehr auf eine Metastase festlegen. Es tut mir furchtbar leid, dass es so ein Hin und Her ist, aber in der Lunge sind diese kleinen Knubbel schwer zu beurteilen.«

Ich halte die Luft an.

»Wir haben entschieden, dass wir nach den beiden kommenden Zyklen einen PET-CT machen. Da bekommen Sie nuklearen Zucker gespritzt und im CT leuchtet es dort, wo ein hoher Stoffwechsel stattfindet. Auch bei Tumoren. Und dann werden wir genauer wissen, um was es sich handelt.«

Mein Gesicht hellt sich ein bisschen auf. Ist das Hoffnung?

»Noch mal: Wir wissen im Moment nicht, was es ist. Ich kann Ihnen nichts versprechen, aber wenn es gut läuft, gibt es keine Metastase.«

Svea keucht auf und hält sich die Hand vor den Mund.

»Es ist zu früh, um das zu beurteilen«, ergänzt Frau Dr. Kowalski. »Aber natürlich müssen Sie das wissen.«

»Also ist es eine Vielleicht-Metastase?«

Frau Dr. Kowalski lächelt. »Ja, es ist eine Vielleicht-Metastase.«

Wir reden noch kurz über meine baldige Entlassung, dann verlässt sie den Raum.

Svea kommt an mein Bett und klammert sich an mir fest. »Hast du das gehört?«, fragt sie und fängt an zu heulen. Erst jetzt merke ich, welcher Druck auf ihr lastet. »Da ist nichts«, sagt sie dann voller Überzeugung. »Ella, ich bin mir sicher!«

Obwohl sie es natürlich nicht wissen kann, gibt mir das Hoffnung. Wir umarmen uns. Ich will nicht zu sehr vertrauen, zu groß wäre die Enttäuschung. Aber für den Moment reicht mir dieser kleine Funke, um mein Handy nach tagelanger Funkstille zu all meinen Leuten wieder anzuschalten.

Sina

Ich bemerke sofort, dass Ellas Handy wieder an ist, denn ich prüfe beinahe stündlich, ob in unserem Chat endlich zwei Haken zu sehen sind. Und tatsächlich, kurz darauf meldet sie sich bei Luise und mir.

> Es ist eine Vielleicht-Metastase. Ich freue mich, wenn wir in zwei Wochen zusammen meinen Geburtstag feiern.

Ich fange sofort an zu heulen und schicke jede Menge Herzen in unseren Chat. Wann bin ich so weich geworden?

Aktuell wohne ich wieder zu Hause, mein Immunsystem ist so runter, dass ich das Haus nicht verlassen soll und auch Gäste unwillkommen sind. Lediglich Franz, der einmal die Woche zum Putzen kommt, ist es gestattet, aber nur, nachdem meine Mutter vorher seine Temperatur überprüft hat.

Ich habe drei Wochen Chemo-Pause, das heißt, für Ellas Geburtstag bin ich hoffentlich wieder fit. Ab jetzt sind es noch zwei Wochen, um mich vom letzten Zyklus zu erholen. Ich hoffe, das reicht.

Ich rekle mich in meinem Bett und drücke das Kissen an mich. Inzwischen ist mein Gewicht so niedrig, dass ich so eklige Kalorienshakes trinken muss, um nicht noch weiter abzunehmen. Die schmecken nach Vanille und Schokolade, und jedes Mal muss ich mich zusammenreißen, damit ich mich nicht sofort übergebe. Ich schaue auf die Uhr. Es ist Samstagmorgen, elf Uhr, gleich ist wieder Zeit für eins der Fläschchen.

Ich behalte recht. Kurz darauf kommt mein Vater rein, auf einem Tablett trägt er den Shake. Vanille kann ich lesen.

Ich verdrehe die Augen. »Ich will nicht«, motze ich.

»Aber Sina«, seufzt mein Vater. »Du darfst doch nicht weiter abnehmen.«

»Gebt mir einfach Nudeln mit Olivenöl, das kriege ich besser runter als diese widerlichen ...«

»Wer spricht hier von Nudeln?« Meine Mutter kommt im Bademantel und mit Handtuch auf dem Kopf in mein Zimmer, sie hat uns durch den Türspalt gehört.

»Ja, warum eigentlich nicht?« Mein Vater stellt das Tablett etwas zu laut auf meinem Nachttisch ab. »Warum geben wir ihr nicht einfach Nudeln mit Öl? Kein Wunder, dass sie abnimmt, wenn sie von dir nur Smoothies, Brokkoli und Linsen bekommt.«

»Ich ...«, setze ich an, doch die beiden sind lauter.

»Wie kannst du es wagen?! Willst du mir etwa vorwerfen, ich bin schuld daran, dass meine Tochter so abgenommen hat?!«

»Ehrlich gesagt, ja, Sibylle. Ich glaube, dass sie mit Nudeln ihr Gewicht besser halten könnte als mit Brokkoli.«

»Das lasse ich mir nicht bieten! Das ist der Gipfel!« Die

Unterlippe meiner Mutter zittert. »Wenn dir deine Tochter egal ist, dann ist das deine Sache. Aber ich lasse sie nicht sterben.«

In meinem Hals bildet sich mal wieder ein Kloß, ich will, dass sie mein Zimmer verlassen. »Aufhören«, sage ich, doch ich bin zu leise.

»Nein, Sibylle. *Du* bist es, die ihr eigenes Kind verhungern lässt. Weißt du noch, was die Ärztin gesagt hat: Sina soll alles essen, worauf sie Appetit hat, damit sie nicht abnimmt. Und wenn es Schokoriegel wären.«

»Du hast ja keine Ahnung«, flüstert meine Mutter. Das Handtuch ist ihr vom nassen Haar gerutscht. »Du hast ja keine Ahnung, welche Opfer ich bringe, um dieses Kind zu retten.«

Ich kann es nicht fassen, sie tun wirklich so, als sei ich nicht da.

»Bitte geht aus meinem Zimmer«, piepse ich.

»Ach ja?«, schreit mein Vater meine Mutter an. »Dann bist du also die Leidtragende? Ich verdiene hier den Großteil des Geldes *und* kümmere mich um ein krankes Kind.«

»Verdammt!« Ich nehme alle meine Kraft zusammen und schreie: »Ich bin anwesend! Nicht du bist die Leidtragende, Mama, und auch nicht du, Papa, das bin einzig und allein ich.«

Sie starren mich mit offenem Mund an, haben wirklich vergessen, dass ich hier liege. Mein Einspruch hat mich so viel Kraft gekostet, dass mir ganz schwindelig ist und ich vorsorglich den Eimer näher an mich heranziehe.

»Oh, Prinzessin«, sagt meine Mutter, aber ich schlage ihren Arm weg.

Mein Vater vergräbt das Gesicht in seiner Hand. »Ich kann das nicht mehr, Sibylle«, sagt er dann, plötzlich ist er ganz ruhig und grau im Gesicht. »Ich gehe ins Hotel. Es tut mir leid, Sina, aber ich ertrage das nicht. Ich melde mich bei dir.« Er drückt mir einen harten Kuss auf die Stirn und verlässt den Raum.

Ich kann hören, wie er im Schlafzimmer die Schranktüren aufreißt und irgendwelche Klamotten in eine Tasche stopft. Meine Mutter ist erstarrt.

Fünf Minuten später wird die Haustür zugedonnert. Zurück bleiben wir beide in einer unerträglichen Stille. Dann fängt meine Mutter an zu heulen, wirft sich auf mein Bett und hört nicht auf, in meine Laken zu schluchzen.

Ich kann gar nichts tun, ich starre die weiße Decke an und versuche, mich nicht zu übergeben. Das ist gerade nicht wirklich passiert, das kann nicht sein! Auch mir steigen Tränen in die Augen, aber ich bin nicht traurig, ich bin fassungslos, wütend und so enttäuscht. Am liebsten würde ich Ella anrufen, damit sie mich mit dem Auto holt. Aber Ella liegt frisch operiert zu Hause und muss die letzte Chemo verdauen. Ich könnte auch Jakob fragen, aber wenn ich ehrlich bin, fühle ich mich viel zu schlapp, um weiter zu laufen als bis zum Klo.

Mit einer schwachen Hand schiebe ich den Kopf meiner Mutter weg. »Geh einfach«, flüstere ich. »Bitte geh und lass mich in Ruhe.«

Februar

Luise

Während ich mich weiter zu Hause erhole und jeden Tag vom Krankentransport zur Bestrahlung abgeholt werde, ist in Sinas Familie das absolute Chaos ausgebrochen. Ihr Vater ist schon seit einer Woche im Hotel und meldet sich nur sporadisch bei ihr, ihre Mutter dreht völlig durch und hat Sinas anstrengende Oma geholt, um sie zu unterstützen. Sina und ich telefonieren jeden Tag, und als sie mir erzählt, dass sie heute zur Blutuntersuchung in die Ambulanz kommt, verspreche ich, ebenfalls da zu sein, damit wir uns sehen können. Ich muss eh zur Bestrahlung und sage dem Transport, dass ich selbstständig zurückkomme.

Nachdem ich also aus dem Krankenhauskeller, in dem die Strahlengeräte stehen, raus bin, setze ich mich mit einem Buch ins Gäste-Café, bis Sina vorbeikommt. Ich warte fast eine Stunde, dann läuft sie mit Mundschutz und Gummihandschuhen auf mich zu.

»Lieber nicht umarmen«, sagt sie und setzt sich neben mich auf einen der silbernen Stühle. Mit rollenden Augen zieht sie sich den Mundschutz vom Gesicht. »Es ist so nervig«, fährt sie fort. »Und dann auch noch einmal die Woche hierher zum Blutabnehmen. Aber die Zellen sind schon gestiegen, nächste Woche bin ich hoffentlich wieder im stabileren Bereich.«

»Dafür können wir uns sehen«, entgegne ich und packe mein Buch weg. »Willst du etwas trinken?«

»Eine Limo.«

Ich gehe an den summenden Kühlschrank und nehme zwei Limonaden für uns heraus, bezahle sie und komme zurück an den Tisch. In dem großen Café hallt es von den hohen Wänden wider und es herrscht reger Betrieb, sodass wir laut sprechen müssen, um uns zu verstehen.

»Wo ist deine Mutter?«, frage ich.

»Sie ist mit Oma in der Stadt und holt mich ab, wenn ich sie anrufe. Aber ich habe keine Lust, die beiden so bald wiederzusehen.« Sina beißt sich auf die Lippe und kräuselt die Stirn. »Die sind alle so scheiße. Wer sucht sich eigentlich Eltern aus?«

Ich lege meine Hand auf ihre, zwischen uns der dünne Gummihandschuh.

»Niemand. Manchmal hat man Glück mit ihnen, manchmal Pech.«

»Wie machst du das mit deiner Mutter?«

Ich zucke mit den Schultern. »Ich versuche, keine Erwartungen an sie zu haben, damit ich nicht enttäuscht werde. Sie gibt sich auch Mühe, aber so richtig kapiert sie nicht, was passiert ist. Sie denkt, weil jetzt die Chemos rum sind, wäre das Thema für mich abgeschlossen. Und die Trennung meiner Eltern ist ja auch noch zu frisch für all das.«

»Wie meinst du das?«

»Na ja, wenn sie mich besucht, dann muss sie nicht nur ihr Krebs-Kind besuchen, sondern auch ihren Ex-Partner, mit dem es schwierig ist, und ihren Sohn, der gerade kaum Kontakt will.« Ich sehe Sina an, sie trinkt einen Schluck Limo.

»Aber ich habe dafür ja Papa und Jakob. Deswegen ist es weniger schlimm, wenn sie das nicht kann.«

Sina nickt. »Ja, und meine Eltern sind leider beide keine Hilfe. Im Gegenteil.« Sie seufzt und rülpst von der Kohlensäure. Dann sagt sie: »Okay, anderes Thema: Ellas Geburtstag!«

»Ja!«

»Das Ding ist: Sie wird über ihren Geburtstag im Krankenhaus sein. Was denkst du, sollen wir etwas im Krankenhaus organisieren oder mit ihr später nachfeiern?«

Ich überlege kurz. »Eigentlich wäre es am Tag selbst besser, oder?«

Sina nickt. »Okay. Dann lass uns mal auf unsere Station gehen und fragen, ob wir im Gemeinschaftsraum eine klitzekleine Party organisieren dürfen.«

Wir treffen Hatice direkt auf dem Flur, sie schiebt einen Infusionsständer mit einem riesigen Wasserbeutel vor sich her. Zum Glück hat sie heute Dienst.

»Was macht ihr denn hier?«, fragt sie und hebt überrascht die Augenbrauen. »Ihr verbringt wirklich erstaunlich viel Freizeit hier.«

»Wir haben eine Frage«, entgegnet Sina forsch und stemmt die Arme auf die mageren Hüften. »Du kennst doch Ella, oder?«

»Die dritte von euch, die auf der Erwachsenenstation behandelt wird?«

»Ganz genau. Sie hat nächste Woche Geburtstag und ist in der Zeit im Krankenhaus. Meinst du, wir können eine kleine Party im Gemeinschaftsraum feiern?«

»Ich weiß nicht«, entgegnet Hatice unsicher. »Der ist ja eigentlich für den Besuch gedacht.«

»Und wenn wir spät starten?«, werfe ich ein. »So um 17 Uhr, kurz vorm Abendessen?«

Hatice sieht weiterhin nicht überzeugt aus. »Ich denke, ich kann das nicht entscheiden. Wartet kurz, ich bringe die Infusion zur Patientin und sage Frau Dr. Fenn, dass ihr hier seid.«

»In Ordnung«, entgegnet Sina gnädig, und wir gehen in den kleinen Gemeinschaftsraum. Hier stehen Stühle, Tische und es gibt Spiele und bunte Bilder an der Wand. Ein paar Kinder puzzeln zusammen.

Wir setzen uns auf ein Sofa und warten. Zum Glück dauert es nicht so lange, bis Frau Fenn und Hatice gemeinsam in den Raum kommen und sich uns gegenüber auf zwei Stühle setzen. Frau Fenn sieht müde aus, das tut sie oft, aber ihre großen Augen sind immer hellwach. Sie ist die coolste Ärztin, die ich kenne.

»Ich habe gehört, ihr möchtet für eure Freundin von der anderen Station eine kleine Geburtstagsparty veranstalten?«

Wir nicken.

»Wir wollen nicht viele Gäste einladen, ihre Eltern, ihre Mitbewohnerinnen, mehr nicht«, erkläre ich schnell.

»Und natürlich backen wir Kuchen und die ganze Station ist eingeladen«, ergänzt Sina und denkt kurz nach. »Wir backen viel Kuchen. Für alle! Auch für Sie! Haben Sie einen Lieblingskuchen?«

»Vielleicht könnten wir uns auf zwei Stunden festlegen, von siebzehn bis neunzehn Uhr oder so?«, schiebe ich hinterher.

Wir blicken die beiden Frauen gespannt an. Sie tauschen einen Blick und Hatice nickt Frau Fenn kurz zu.

»Bitte«, schiebt Sina hinterher.

»Ich habe an dem Tag Spätschicht, zusammen mit Sven«, raunt Hatice in Richtung Ärztin. »Für mich ist das okay, für ihn bestimmt auch.«

Frau Fenn atmet durch. »Also gut, warum nicht? Aber niemand wird ausgeschlossen, in Ordnung? Und wer in den Gemeinschaftsraum möchte, kann sich dort setzen.« Sie streicht sich über den braunen Zopf, und Sina und ich jubeln. Dann grinst sie uns an. »Apfel«, sagt sie.

»Hä?«, entgegnet Sina.

»Ich mag Apfelkuchen.« Dann verlässt sie den Gemeinschaftsraum.

»Was ist passiert?«, fragt der kleine Junge mit einem Puzzleteil in der Hand.

»Nächste Woche gibt es hier eine Party«, erklärt Sina stolz. »Wenn du dann noch hier bist und Kuchen magst, dann kannst du kommen.«

Ella

Ich habe mich bei Luise und Sina gemeldet und geschrieben, dass wir meinen Geburtstag zusammen verbringen können. Wahrscheinlich kommen sie im Krankenhaus vorbei.

Die letzten Abende war ich mit Svea und Ayla in der WG. Sie kochen für mich, sie übernehmen alle meine Aufgaben im Haushalt, sie putzen, sie kaufen ein. Ayla hilft mir sogar beim Duschen. Mein Bein in der Schiene darf nicht nass werden und wir haben eine Technik entwickelt, bei der ich auf einem Stuhl in der Badewanne sitze, mein Bein auf dem Rand ablege, es mit Plastiktüten bedecke und mich einseife, während Ayla mich abbraust. Ayla hat ihr FSJ im Altenheim gemacht und kennt sich aus, und es ist erstaunlich normal, mich vor ihr auszuziehen und von ihr gewaschen zu werden. Alle meine Grenzen haben sich verschoben.

Mit meinen Eltern telefoniere ich im Moment jeden Tag, das ist mir wichtig. Ich versuche nicht zu sehr an die Vielleicht-Metastase zu denken. Besser ich spare meine Kräfte für den nächsten Zyklus auf. Morgen muss ich ins Krankenhaus und morgen ist auch mein neunzehnter Geburtstag.

Nur einen habe ich noch nicht wieder getroffen. Jakob.

Ich schaue auf mein Handy, während ich in meinem Zimmer auf dem Sofa liege, mein rechtes Bein senkrecht nach oben gestreckt, damit die ganze Lymphflüssigkeit aus meinem Fußgelenk wieder nach unten läuft. Das klappt bisher noch nicht so gut und mein Unterschenkel und der Fuß schwellen dauernd an. Svea werkelt in der Küche herum und fragt, ob ich später mitessen will, doch ich höre sie kaum.

Ich gebe Jakobs Namen in meinem Telefonbuch ein. Er hat mir in der Zeit, in der mein Handy aus war, jeden Tag geschrieben. In meinem Bauch krampft sich das schlechte Gewissen zusammen. Täglich überlege ich mehrmals, ihn anzurufen. Doch ich bin zu feige und er meldet sich auch nicht mehr. Ganz bestimmt ist es vorbei, ehe es angefangen hat. Das habe ich in den Sand gesetzt.

Ich schaue auf die Uhr. Kurz vor sechs, Zeit für die Opiate. Ächzend greife ich nach den vielen Tablettenpäckchen und nehme die kleinen schwarzen.

»Hallo?«, höre ich es da ganz leise und blechern. »Ist da wer?«

Ich zucke zusammen. Es klingt nach Jakobs Stimme. Panisch suche ich mein Handy zwischen meinen Decken. So ein Mist! Jetzt bin ich wohl aus Versehen auf die Anruftaste gekommen. Mit zitternden Fingern nehme ich das Handy ans Ohr.

»Hallo?«, sagt er. »Ella, bist du da?«

Ich ziehe scharf die Luft ein. Das hat er gehört.

»Ich bleibe dran«, sagt er dann, und ich versuche, den

Kloß in meinem Hals hinunterzuschlucken. Dann sage ich: »Hi …« Meine Stimme klingt leise. »Willst du vorbeikommen?«

Und tatsächlich, Jakob kommt vorbei. Er war mit einer Freundin verabredet, doch das sagt er ab und steht eine halbe Stunde später mit roten Wangen und leicht verschwitzt bei mir im Zimmer, offenbar ist er mit dem Fahrrad hergerast.

Wir schauen uns an, ich liegend, er stehend und noch immer schnell atmend.

»Svea hat mir die Tür geöffnet.«

»Darf ich …«, setze ich an, »darf ich dich umarmen?« Seine Augen werden weich. »Ich bin gerade schlecht zu Fuß, weißt du …« Und da ist er auch schon bei mir und nimmt mich fest in seine Arme. Ich schmiege mein Gesicht an seinen Hals und mir kommen Tränen. Ihm auch, das merke ich, weil sie auf mein dünnes Tuch tropfen und ich sie auf meiner Kopfhaut spüren kann.

»Jakob, es tut mir leid, dass ich …«

»Gar nichts muss dir leidtun!«, unterbricht mich Jakob mit brüchiger Stimme und lässt mich nicht los.

»Doch!«, widerspreche ich und löse mich von ihm, damit ich in sein Gesicht schauen kann. »Es war unfair von mir, dich auszuschließen. Entschuldige! Ich wollte einfach nicht, dass irgendjemand mich so schwach sieht.«

Er greift meine Hand und nickt. »Okay«, sagt er und drückt meine Finger kurz an seine Lippen.

Ein Schauer läuft über meinen Rücken. »Luise hat es dir bestimmt erzählt, oder?«

»Dass sie sich in der Lunge vielleicht geirrt haben? Ja.«

»Jakob …« Ich suche nach Worten und bin unsicher, wie ich es ausdrücken kann. »Ich weiß nicht, was passiert, wenn ich nach den nächsten beiden Zyklen erfahre, dass es doch eine Metastase ist. Ich weiß nicht, ob das hier …«, ich deute zwischen uns hin und her, »ob das geht.«

Jetzt beißt er sich kurz auf die Lippen und klingt verletzt. »Und warum nicht?«

»Na weil …« So richtig weiß ich auch nicht, was ich sagen will. »Weil es zu krass ist. Weil ich nicht vorhersehen kann, wie meine Stimmungen sind, wie ich körperlich drauf bin, weil ich schwach bin und blass und haarlos und hässlich …«

»Du bist nicht schwach und hässlich. Du bist das Gegenteil davon.«

Jetzt rast mein Herz wieder und ich lächle ein bisschen.

»Und außerdem«, Jakob rückt wieder näher an mich heran, »bin ich alt genug, um selbst zu entscheiden, ob mich das zu sehr belastet oder nicht.«

Ich sehe in seine Augen, sie sind noch immer feucht, aber so warm und schön, und dann kann ich nicht anders und küsse ihn, ziehe ihn an mich und atme tief seinen Duft ein.

Er erwidert meinen Kuss, streicht mir über den Rücken, über den Kopf, mein Tuch verrutscht, er streichelt auch meine Glatze.

Plötzlich geht die Tür auf. »Ella, es gibt Kartoffeln mit Quark ...«, tönt da Aylas laute Stimme durch mein Zimmer.

Jakob und ich fahren auseinander.

»Ups, peinlich«, quietscht Ayla und wird rot. »Ich habe ja gar nicht gehört, dass du gekommen bist. Äh ...« Sie schließt die Tür hinter sich und öffnet sie sofort wieder einen Spalt. »Du bist natürlich herzlich zum Essen eingeladen«, zischt sie noch hindurch, und dann höre ich ihre schnellen Schritte auf dem Flur.

Ich lache. Und wie ich plötzlich lache. Nichts ist okay, vielleicht breitet sich der Krebs gerade in meinem Körper aus. Aber daran denke ich nicht. Im Moment habe ich eine richtige Teenager-Verknalltheit. Unfassbar, dass das alles gleichzeitig passiert.

Etwas verschämt kratzt Jakob sich am Hinterkopf. »Tja, ich habe tatsächlich Hunger.«

Ich greife nach meinen Stützen. »Dann lass uns in die Küche gehen.« Langsam quäle ich mich vom Sofa hoch. Sofort schießt mit der Schwerkraft das Blut in mein Bein und es tut weh.

Jakob steht etwas hilflos daneben, dann stützt er mich am Arm. »Soll ich dich morgen ins Krankenhaus begleiten?«, fragt er dann.

»Äh ... gerne«, erwidere ich überrascht. »Der Krankentransport kommt um zehn, holt mich ab und bringt mich auf die Station.«

Jakob öffnet die Tür und ich humple in den Flur. »Wenn

du mich eh morgen hinbringst, hast du vielleicht Lust, hier zu übernachten?«

»Oh!«, macht Jakob überrascht und lässt kurz meinen Arm los.

Ich werde rot. »Also, ich meine nur … weil … ich habe seit den letzten Medikamenten immer wieder Albträume. Meistens schläft entweder Ayla oder Svea bei mir, dann fühle ich mich sicherer. Aber wenn du …?«

»Klar«, grinst er dann. »Klar. Ich bleibe heute einfach hier und hole Geburtstagsbrötchen zum Frühstück.«

»Und Schule?«

Er zuckt die Schultern. »Da gehe ich morgen einfach nicht hin.«

Sina

Ellas neunzehnter Geburtstag wird ein voller Erfolg. Sie hat wirklich nichts geahnt und dachte, dass Luise und ich sie einfach auf der Station besuchen kommen. Stattdessen gab es eine große Überraschungsparty auf der Dachterrasse mit viel Kuchen und Ellas liebsten Menschen. Das mit der Dachterrasse war Hatices Idee. Über den Pflegestützpunkt kommt man dorthin, und weil es so erstaunlich sonnig und warm war, haben wir draußen angefangen, ehe wir dann doch in den Gemeinschaftsraum gezogen sind.

So schön alles ist, so schrecklich ist es auch. Klar, es gab eine mögliche Entwarnung für Ella, aber fest steht eben nichts.

Am frühen Abend ziehe ich mit Ellas Mitbewohnerinnen noch über die Station und verteile Kuchenreste an die Kinder, die im Moment essen können. Manchmal treffen wir Eltern, denen bieten wir natürlich auch etwas an.

Luise, Jakob und ich sind die Letzten, die gegen zwanzig Uhr noch da sind.

Ella sitzt jetzt wieder in ihrem Bett auf der Erwachsenenstation und hängt am Wasser. Wir haben sie aufs Zimmer begleitet.

Zum Abschied umarmen wir sie alle drei fest. Schon komisch, auf dieser Station spielt ihr neunzehnter Geburtstag plötzlich keine Rolle mehr. Zum Glück hat Frau Fenn uns erlaubt, auf unserer Kinderstation zu feiern.

»Das war der verrückteste Geburtstag, den ich je hatte«, sagt Ella und krallt sich im Laken fest. »Wirklich! Ich danke euch allen dreien so sehr!« Jakob geht zu ihr und küsst sie auf den Mund.

»Wir sind dann mal weg«, füge ich hastig hinzu und ziehe Luise durch die Tür. Wir lassen die beiden einen kurzen Moment allein, na ja, fast allein, aber die uralte Frau neben Ella schnarcht schon lange leise vor sich hin.

Etwas peinlich berührt stehen Luise und ich im ungemütlichen Licht des Flurs herum.

»Wie findest du es?«, platze ich dann heraus.

»Was?« Luise zieht die Stirn kraus.

»Na, das mit Jakob und Ella.«

»Ach so!« Sie entspannt ihr Gesicht wieder. »Gut. Also am Anfang auch etwas komisch, schließlich ist er mein Bruder und sie meine Freundin. Aber an sich ist es gut!«

Ich nicke. »Schön!«

Wir warten noch kurz, dann kommt Jakob raus und schließt leise die Tür.

Als wir schon fast das Ende der Station erreicht haben, rennt uns Ellas blonde Ärztin hinterher. Sie arbeitet ganz schön lang.

»Wartet mal!« Sie nimmt wieder einen langsameren Gang an und lächelt uns zu. »Danke, dass ihr Ella Bauer einen schönen Tag beschert habt. Frau Dr. Fenn von der Kinder-Onko hat mir davon erzählt.«

Wir drei nicken artig.

»Danke, dass Sie Ella das letzte Mal Übernachtungsbesuch erlaubt haben«, füge ich hinzu.

»Natürlich«, sagt Frau Dr. Kowalski ernst. »Alles, was wir im Rahmen der Krankenhausregeln erlauben können, damit es für unsere Patienten ein bisschen leichter ist, versuchen wir durchzusetzen.«

»Das ist toll. Das machen bestimmt nicht alle.« Ich reiche ihr die Hand, obwohl mein Immunsystem noch nicht wieder komplett auf Höhe ist, und dann verlassen wir die Station.

»Wir haben schon coole Ärztinnen«, sagt Luise mit Bewunderung in der Stimme.

»Ja«, entgegne ich. »Das haben wir.«

Wir fahren Fahrstuhl, das Foyer unten ist schon wieder wie ausgestorben und draußen ist es dunkel. Jakob hat das Auto seines Vaters nah am Haus geparkt, wir setzen uns alle drei rein und er schaltet eine uralte *Bravo-Hits*-CD an.

Luise und ich kichern.

»Danke, dass ihr mich nach Hause fahrt. Meganett«, sage ich und spiele an meiner Jacke herum. Die beiden werden deshalb erst kurz nach Mitternacht zu Hause sein, aber sie haben es angeboten, und ich bin froh, meine Mutter nicht fragen zu müssen.

Die nächsten zwei Stunden hören wir laut Musik und füllen unsere Köpfe mit anderen Gedanken.

Ich versuche, die Haustür so leise wie möglich zu öffnen, aber als ich reinkomme, steht Makali da und maunzt mich laut an. Vor Schreck fällt mir dann auch noch klirrend der Schlüssel aus der Hand. »Mist«, zische ich mit zusammengebissenen Zähnen.

»Sina«, ertönt da auch schon die strenge Stimme meiner Mutter aus dem Wohnzimmer.

Mein Magen zieht sich zusammen. Ich hatte so sehr gehofft, mich einfach unbemerkt in mein Zimmer schleichen zu können.

»Ja?«

»Bitte komm mal her.«

Ich schlappe also ins Wohnzimmer und lehne mich betont lässig in den Türrahmen. »Was gibt es?«

Meine Mutter sitzt im Bademantel auf der weißen Sofagarnitur. Ihr Haar ist durcheinander, in der Hand hält sie ein Glas Rotwein.

Ich blicke auf die Flasche, die sie auf dem Glastisch abgestellt hat. Im Dämmerlicht kann ich es nicht genau erkennen, aber sie sieht fast leer aus.

»Sina …« Die Stimme meiner Mutter wird schon wieder weinerlich. Sie rauft sich die Haare. »Hast du auf die Uhr geschaut?«

»Es ist zehn.«

»Zehn! Du bist vierzehn, du kannst nicht erst um zehn nach Hause kommen. Du hast Krebs, du musst dich ausruhen und dich nicht auch noch freiwillig so lange in einem verkeimten Krankenhaus herumtreiben!«

Ich spüre, wie mir das Blut in den Kopf schießt. »Mama«, rufe ich. »Ich weiß selbst, dass ich Krebs habe.«

»Setz dich doch mal zu mir«, fügt meine Mutter in versöhnlichem Tonfall hinzu und klopft auf den Platz neben sich.

Widerwillig laufe ich rüber und lasse mich nieder. Im Hintergrund klimpert Klaviermusik aus den großen Boxen.

Ihre Augen sind gerötet und als sie erneut zu sprechen beginnt, rieche ich Alkohol.

»Prinzessin, du kannst doch nicht …«

»Mama, bist du betrunken?«, fahre ich hart dazwischen.

»Ich?« Sie reißt ihre Augen auf. »Ich bin doch niemals betrunken!« Sie hebt die Weinflasche an und hält sie gegen das Licht. Sie ist tatsächlich leer. »Na ja, ein kleines bisschen vielleicht …«, gibt sie zu und stürzt den letzten Schluck mit tief in den Nacken gelegtem Kopf hinunter. Dabei läuft ihr ein kleines Rinnsal aus dem Mundwinkel auf das weiße Sofa. »Oh nein«, ruft sie und beginnt zu fluchen. »Wieso …« Sie redet nicht weiter, fängt urplötzlich an zu heulen und rennt schwankend in die Küche, um einen Lappen zu holen.

Ich fühle mich wie betäubt. Langsam stehe ich auf, verlasse den Raum und ziehe mich am Geländer hoch in mein Zimmer. Meine gute Laune ist vollends verflogen, und eine Weile kauere ich erstarrt auf meinem Bett. Dann setze ich mich an den Schreibtisch und erledige zwei Dinge.

Ich schreibe einen Brief an meinen Vater und ich suche im Internet Krebsberatungsstellen und Psychoonkologie-

Praxen heraus, die kurzfristige Erstgespräche anbieten. Ich höre meine Mutter unten rumpeln, doch ich ignoriere sie und gehe erst ins Bett, als der Brief im Umschlag steckt und ich eine lange Liste mit Beratungsmöglichkeiten herausgesucht habe.

März

Luise

Der Februar zieht vorbei und der März beginnt. Jeden Tag werde ich vom Krankentransport zur Bestrahlung geholt und wieder nach Hause gebracht, und dann ist auch das vorbei.

Der erste Tag, an dem ich keinen Termin im Krankenhaus habe, dehnt sich ins Unendliche. Ich versuche, mich mit Büchern und der Playstation abzulenken, doch das klappt nicht. Ich rufe Mascha an, die keine Zeit hat, Verena, die am Nachmittag auf einen Tee vorbeikommt und dann weitermuss. Ich fühle mich zu müde, um viel draußen unterwegs zu sein, aber trotzdem zu fit, um im Bett zu liegen.

Es dauert ein paar Tage, bis ich begreife, was los ist. Die letzten Monate war meine Zeit komplett strukturiert von stationären Aufenthalten, Chemotherapien und Bestrahlungen. Jetzt stehe ich vor einem großen schwarzen Loch. Mein Haar ist schon einen Zentimeter lang, aber hinten an der Narbe und der Bestrahlungsstelle wächst noch nichts, deshalb trage ich weiter meine Mützen und Tücher.

Papa gibt sich alle Mühe, auf mich einzugehen und ist dennoch überfordert, Jakob steckt mitten in seinen Abi-Klausuren. Er versucht, für Ella und mich genug Zeit zu haben und nebenher noch seine Freunde zu treffen. Ich selbst habe gar nichts zu tun. Und deshalb kommt sie wieder hoch, die furchtbare Angst vor einem Rückfall, vor dem Tod, davor dass ich all die Strapazen erneut auf mich nehmen muss. Die Angst wird immer stärker, je näher meine erste Nachkontrolle rückt. Ich kann nachts nicht mehr schlafen, schließlich wird es die erste richtige Untersuchung nach dem Ende meiner Behandlung, und die ist richtungsweisend, sie kann alles oder nichts bedeuten. Nach der Untersuchung plane ich, in eine Reha zu fahren, extra für Jugendliche. Doch um den Antrag kümmern wir uns nach der Nachsorge. Und dann kommt die Schule wieder, das bereitet mir auch Bauchschmerzen. Klar, alle in meiner Klasse wissen, was passiert ist. Doch gerade deshalb habe ich Angst davor, dass sie mich komisch behandeln.

Außerdem muss ich mich daran gewöhnen, dass ich Sina und Ella nicht mehr automatisch alle paar Tage im Krankenhaus sehe. Wir halten Kontakt über die Chat-Gruppe, aber Sina und ich sind gerade beide zu schlapp, um uns zu einem Treffen aufzuraffen, und Ella ist mit ihrer dicken Schiene völlig auf Hilfe angewiesen, sodass sie sich auch nur zwischen WG und Krankenhaus bewegt, wenn der Transport sie für die tägliche Bestrahlung abholt.

Das alles löst eine gewisse Angst in mir aus, ich möchte, dass die Krebs-Zeit für uns alle vorbei ist, nicht aber unsere besondere Verbindung dieser intensiven Phase. Ich wusste, dass nach den Behandlungen alles anders wird, aber irgendwie dachte ich, dass die Erleichterung und die Freude den größten Teil ausmachen. Stattdessen bin ich unsicher, ängstlich und voller Zweifel. Das Ende der Therapien war in meinem Kopf leichter. Und so schleppe ich mich ziellos von Tag zu Tag und schaue meinem Haar beim Wachsen zu.

Und dann kommt der Termin meiner ersten Untersuchung nach Ende der Therapie. Ich soll um neun Uhr morgens dran sein, nüchtern natürlich, und ich bin froh, dass es so früh ist. Ich habe in der ganzen Nacht davor kein Auge zugetan, mich von links nach rechts gewälzt und wurde immer wieder von Heulkrämpfen geschüttelt. Als es gegen sieben dann Zeit war, um aufzustehen, war ich richtig erleichtert. Ich habe mich geduscht, angezogen, Wasser getrunken und bin mit Papa ins Krankenhaus gefahren. Ich habe geschwiegen, er hat die ganze Zeit vor sich hingemurmelt: »Das wird gut, Luise, mach dir keine Sorgen, alles wird gut ...«

Und jetzt sitzen wir in der Radiologie. Der Warteraum hat keine Fenster, das weiße Licht strahlt aus grellen Röhren und es ist ganz schön voll. Wir alle hocken nebeneinander auf unbequemen Plastikstühlen, Leute mit eindeutigen Krebsglatzen, Leute mit Beinschienen, wir wissen nichts voneinander. Manche unterhalten sich lachend mit ihrer Begleitung und blättern in den herumliegenden Klatschzeitschriften, andere starren leidend nach vorne.

In meinem Magen hat sich ein fieser Knoten gebildet, ich bin schon wieder kurz vorm Heulen. Die Warterei ist schrecklich und ich bin froh, als mein Name aufgerufen wird. Papa zuckt zusammen und ich springe auf.

Die junge Ärztin führt uns beide in ein kleines Behandlungszimmer. Es geht also noch nicht los.

»Erst mal die Aufklärung«, sagt sie und zückt ein Klemmbrett mit dem Formular, das ich schon kenne. Das sage ich ihr auch.

»Tut mir leid, die Aufklärung erfolgt vor jeder neuen Untersuchung.« Dann rattert sie die Infos bezüglich Kontrastmittel, Nierenproblemen, viel trinken und Platzangst herunter, Papa unterschreibt, und dann versucht sie mir einen Zugang in der Armbeuge zu legen. Doch die Picc-Line und die aggressiven Medikamente haben meine Adern völlig kaputt gemacht, und erst beim vierten Mal piken findet sie eine Stelle, an der sie die Nadel in meinen Arm stechen kann. Meine Unterlippe zittert schon wieder, weniger vor Schmerzen, sondern vor Angst und Frust. Mein Körper ist so hinüber, dass man mir noch nicht mal einen vernünftigen Zugang legen kann.

Die Ärztin klebt ein Pflaster drauf, wir müssen zurück ins Wartezimmer. Jetzt dauert es zum Glück nur noch zehn Minuten, bis ich dran bin. Endlich wird mein Name aufgerufen. Wieder springt mein Papa mit auf, aber dieses Mal darf er nicht mit rein. Er drückt noch einmal meine Hand, dann muss ich allein weiter.

In dem Raum mit dem riesigen Gerät ist es kalt, das Licht grell. Ein Mann kommt zu mir und platziert mich auf der Schiene, hängt das Kontrastmittel an meinen Arm, erklärt mir alles und dann geht er aus dem Raum. Jetzt bin ich allein.

Hinter einer Glasscheibe im Kontrollraum sitzen eine Menge Leute und starren auf einen Bildschirm.

In dem Moment, in dem ich in die Röhre geschoben werde, fange ich wieder an zu weinen. Ich kann einfach nicht mehr, der Druck ist zu groß und ich versuche, beim Weinen nicht zu zittern, weil ich mich eigentlich nicht bewegen darf.

Endlich ist es vorbei. Die Schiene fährt aus der Röhre und eine Weile passiert gar nichts.

Panik steigt in mir auf. Bestimmt starren sie jetzt alle auf den Bildschirm und haben etwas Schreckliches entdeckt. Sie überlegen, wie sie es mir sagen können, müssen noch die Oberärztin holen und beratschlagen, wer mir erklärt, dass ich nun doch sterben muss, weil in meinem ganzen Körper Krebs ist.

Irgendwann kommt der Mann wieder zu mir, sagt »Geschafft« und fährt den Untersuchungstisch nach hinten. »Bitte warte noch, bis wir dir den Zugang ziehen, dann kannst du nach Hause gehen.«

Ich wische mir über die feuchten Augen und frage: »Und, wie sieht es aus?«

»Das muss die Ärztin noch befunden«, entgegnet er und irgendwie habe ich das Gefühl, dass er mich mitleidig ansieht. Der Knoten in meinem Magen wird immer fester. »Du brauchst einen Termin in der Sprechstunde deiner Onkologin, dann klärt ihr das.«

»Was?! Ich dachte, ich erfahre heute mehr.«

»Leider nein, heute wird höchstens ein vorläufiger Befund geschrieben.«

Dann entlässt er mich. Die dicken Metalltüren hinter mir fahren langsam zu. Und da stehe ich nun allein auf dem Flur. Völlig erschöpft schlappe ich zurück in den Warteraum.

Sofort steht Papa auf. »Und?«, fragt er hektisch.

»Ich erfahre erst etwas, wenn ich einen Termin bei Frau Fenn mache«, sage ich dann tonlos. Er legt mir eine Hand auf den Rücken. »So lange kann ich nicht warten«, schniefe ich.

Papa versucht mich zu trösten, doch es gelingt nicht.

Kurz darauf wird mein Zugang aus dem Arm gezogen und wir dürfen gehen.

Mit hängendem Kopf schlurfe ich den Flur entlang, Papa neben mir. Da bleibt er plötzlich stehen. »Dann gehen wir direkt in die Ambulanz und schauen, ob Frau Dr. Fenn da ist.«

»Papa, das können wir doch nicht machen …«

»Wir versuchen es einfach.«

Also trotte ich hinter ihm her in die Ambulanz. Und dann laufen wir zu meinem großen Glück Frau Fenn direkt in die Arme.

Sie schaut uns etwas überrascht an, da platze ich auch schon heraus: »Ich soll einen Termin in Ihrer Sprechstunde machen, aber so lange kann ich nicht warten.«

Sie kapiert sofort und nimmt uns mit in ihr kleines Behandlungszimmer.

Wir setzen uns und ich knete nervös meine Hände. »Es ist meine erste Nachuntersuchung und ich muss heute erfahren, was los ist«, sage ich eine Spur zu hastig.

Frau Fenn nickt und erklärt mit beruhigender Stimme: »Ich kann anbieten, dass ich mal in der Radiologie anrufe und nachfrage, ob die Radiologin schon mal grob drüberschauen kann. Das ist dann kein gesichertes Ergebnis und sehr vorläufig, aber vielleicht ja eine kleine Tendenz.«

»Ja, bitte«, presse ich angespannt hervor.

Auch mein Vater ist dafür.

Wie gebannt beobachte ich jede Regung in ihrem Gesicht, als sie mit ihrer Kollegin telefoniert. Sie sagt drei Mal »Ja« und zwei Mal »Aha« und sonst gar nichts. Dann ein »Danke« und sie legt auf.

»Luise, die Radiologin hat die Bilder jetzt schnell durchgescrollt und kann keine Auffälligkeit erkennen. Auf den ersten Blick sieht alles gut aus. Sobald der endgültige Befund da ist, rufe ich an.« Sie lächelt zuversichtlich.

Aus mir entweicht mit einem lauten Zischen Luft. Ich muss wohl aufgehört haben zu atmen.

Papa legt fest seinen Arm um mich. »Danke«, stößt er hervor, und dann weinen wir beide ein bisschen.

Frau Fenn verabschiedet uns und wir fahren nach Hause.

Ich kann es nicht fassen, sollte ich wirklich so ein Glück haben?

Zu Hause lege ich mich hin, noch nicht bereit, mich vollends zu entspannen. Schlafen kann ich nicht, also höre ich Hörbuch.

Am Abend kommt der Anruf. Die Bilder sehen tatsächlich gut aus. Noch nie ist mir so ein großer Felsen vom Herz gefallen.

Ella

Es beruhigt mich, dass Luises erste Nachuntersuchung so gut gelaufen ist. Noch am selben Abend hat sie uns geschrieben und wir waren alle unfassbar erleichtert. Ich sehe es außerdem als guten Vorboten für mich selbst, was natürlich Quatsch ist. Eine letzte Chemotherapie läuft noch vorher, dann bin auch ich mit meiner Zwischenuntersuchung dran.

Ich habe meinen Eltern nicht Bescheid gegeben, wann genau die Untersuchung stattfindet. Keine Ahnung, ich wollte sie nicht beunruhigen, aber wahrscheinlich erreiche ich damit genau das Gegenteil.

Eine PET-CT-Untersuchung kenne ich noch nicht, deshalb ist dieses Mal alles neu. Meine Nervosität ist unfassbar groß. Schließlich geht es darum, ob ich eine Metastase in der Lunge habe oder vielleicht seit der Operation doch keinen nachweisbaren Krebs mehr im Körper trage. Es geht um alles oder nichts.

Ich habe nur Jakob informiert, und obwohl der gerade fürs Abi lernen muss, begleitet er mich.

Mein Kopf ist wie in Watte gepackt, gemeinsam gehen wir zur Anmeldung, ich auf meinen Stützen. Ich habe meinen Anforderungsschein dabei, gebe alle Unterlagen ab und dann setzen wir uns ins Wartezimmer.

»Hey«, sagt Jakob leise zu mir und nimmt meine beiden Hände in seine. »Egal, was bei dieser CT rauskommt: Es wird nicht das Ende sein! Frau Dr. Kowalski hat gesagt, dass es für dich noch mehr Behandlungsmöglichkeiten gibt.«

Ich ziehe die Nase hoch, mein Blick zittert, mir ist so schlecht, dass ich Angst habe, mich zu übergeben.

Am liebsten würde ich rufen: *Das weißt du doch gar nicht! Was, wenn sich alles noch mehr verteilt hat? Was, wenn es doch das Ende ist?* Aber das behalte ich für mich.

Dann werde ich abgeholt.

»Ich warte hier auf dich!« Jakob küsst mich vorsichtig auf die Wange.

Dann humple ich mit meinen Gehstützen dem Arzt hinterher. Wieder eine Aufklärung, die ich unterschreiben soll.

»Ich werde Ihnen jetzt diesen nuklearen Zucker spritzen, dann müssen Sie eine Stunde liegen und dürfen sich nicht bewegen, damit der Zucker nicht in den Muskeln verbraucht wird.«

»Aha«, sage ich lahm und schaue zu, wie er mir das Zeug verabreicht.

Er deutet auf eine Liege, hier soll ich mich drauflegen.

»Der Zucker verteilt sich und wir können im Bild sehen, wo er umgesetzt wird. Sie werden nach der Untersuchung noch strahlen, vermeiden Sie heute den Kontakt zu kleinen Kindern und Schwangeren.«

Ich nicke und schüttle gleichzeitig den Kopf. Nuklearer Zucker. Strahlen. Das kann doch nicht sein.

»Bitte nicht bewegen!« Sofort versteife ich meinen Nacken.

Eine Stunde liege ich in dem Raum und starre an die weiße Decke. Diese Untersuchung fühlt sich wichtiger an als jede andere zuvor. Es geht jetzt wirklich um alles.

Viele schlimme Bilder wirbeln in meinem Kopf umher und ich versuche mich zu beruhigen.

Eine Vielleicht-Metastase. Frau Dr. Kowalski hat gesagt, es ist eine Vielleicht-Metastase, noch steht nichts fest. Hoffentlich. Hoffentlich.

Ich weiß nicht, wie ich die schrecklich einsame Stunde allein mit meinen Gedanken rumkriege, aber irgendwann kommt der Arzt und holt mich ab.

»Darf ich mich jetzt bewegen?«, frage ich vorsichtig.

»Ja, den kurzen Weg bis ins Gerät geht es.«

Ich greife meine Gehstützen und folge ihm zum CT-Gerät. Dann lege ich mich auf die Schiene.

»Wir starten.«

Mit dem ganzen Körper werde ich in das Gerät gefahren. Im Inneren der Röhre befindet sich ein Blumenmuster, vielleicht, damit ich wenigstens nicht schon wieder gegen eine weiße Fläche starren muss.

Als wir gehen, schüttelt mir der Arzt die Hand und versichert mir, dass er meine Untersuchung heute noch befunden wird. Frau Dr. Kowalski hat ihm wohl im Vorhinein die Wichtigkeit erklärt. Schließlich geht es hier um mein Leben.

Jakob kommt mit in meine WG. Wir sprechen fast gar nicht, wir kuscheln, er krault mir den Kopf und kocht mir Nudeln. Obwohl ich noch keine Ergebnisse kenne, bin ich ein bisschen erleichtert, dass wenigstens die Untersuchung hinter mir liegt.

Morgen Vormittag habe ich einen Termin bei Frau Dr. Kowalski, damit sie mir die Ergebnisse von heute mitteilt, diese Nacht muss ich also im Ungewissen verbringen.

Doch es kommt anders. Am späten Nachmittag, ich liege gerade in Jakobs Armen auf dem Sofa, klingelt mein Handy. Erschöpft schaue ich darauf und erkenne sofort die ersten Ziffern der Krankenhausnummer. Ruckartig richte ich mich auf.

Jetzt ist es so weit, sie sagen mir, dass ich sofort zur OP kommen muss, weil ich sonst morgen tot bin. Sie sagen mir, dass alles zwecklos ist und ich in meinen letzten Lebenswochen erledigen soll, was ich noch zu tun habe. Sie fragen nach meinem letzten Wunsch.

Jakob starrt mich angespannt an.

Ich atme tief durch und drücke auf den grünen Hörer. »Ja?«, sage ich mit zittriger Stimme.

Es ist Frau Dr. Kowalski. »Frau Bauer? Ich musste sie einfach direkt anrufen. Der Befund ist da und ich habe gute Neuigkeiten für Sie: Die Auffälligkeit in der Lunge leuchtet nicht und ist kleiner geworden. Es scheint sich tatsächlich um eine Narbe zu handeln.«

Mir rutscht das Handy aus der Hand. Mit offenem Mund starre ich in Jakobs dunkle Augen. Er schüttelt mich am

Handgelenk. »Was ist los?«, zischt er, aber ich kann ihm nicht antworten.

Hastig hebe ich das Handy auf und halte es mir wieder ans Ohr.

»Frau Bauer, ich hoffe, Sie können heute gut schlafen. Wir auf der Station haben uns enorm gefreut, deswegen wollte ich Sie sofort benachrichtigen. Glauben Sie mir, wir haben alle den ganzen Tag mitgefiebert.«

»Danke, ich … danke!«, stoße ich hervor und mir fließen Tränen der Erleichterung über das Gesicht.

»Wir sehen uns morgen in der Sprechstunde, Frau Bauer.«

Dann legen wir auf.

Wie ein nasser Sack kippe ich um und begrabe Jakob unter mir auf dem Sofa.

»Ella?! Was ist los?« Besorgt packt er mich an den Schultern und sieht mir in die Augen.

»Es ist nur eine Narbe«, heule ich. »Nur eine Narbe.«

Jakob beginnt zu jubeln, er richtet sich und mich auf, umarmt mich fest, küsst mich, weint auch und umarmt mich wieder. »Eine Narbe«, lacht er.

Obwohl ich noch drei Zyklen vor mir habe, ist ab diesem Moment die Krebs-Zeit für mich vorbei. Es ist keine Metastase, vielleicht habe ich seit der OP schon keinen Krebs mehr.

Ich rufe meine Eltern an, ich schreibe Luise und Sina, brülle die Neuigkeit durch die WG. Alle sollen es wissen! Die Vielleicht-Metastase ist eine Nicht-Metastase.

Und weil Jakob und ich nicht wissen, wohin mit unserer Energie, begleiten wir Ayla am Abend auf eine WG-Party. Ich fühle mich so leicht wie seit Ewigkeiten nicht mehr.

Ayla leiht das Lastenrad der Nachbarin aus, ich werde mit jeder Menge Kissen reingesetzt und kann mein Bein vorne rausstrecken, und als wir bemerken, dass die Party im vierten Stock ist, da tragen Ayla und Jakob mich einfach nach oben. So schlimm die Krebs-Sache ist, ich habe einfach die besten Leute an meiner Seite, mit denen ich alles andere bewältigen kann.

April

Sina

Am ersten April bricht der Frühling aus, aber so richtig. Plötzlich steht alles voller Osterglocken und Krokusse, die Sonne scheint und das Wetter ist für April viel zu warm.

Ich bin auf dem Weg ins Krankenhaus. Heute betrete ich mal wieder nur als Gast die Erwachsenenstation, Frau Dr. Kowalski winkt mir zu. Sie kennt mich und Luise inzwischen auch ganz gut.

»Ella Bauer ist in Zimmer 1«, ruft sie mir zu.

Ich bin schlapp, aber hochmotiviert, nächste Woche ist meine vorerst letzte Chemo geplant, es wird Frühling und ich fühle mich okay. Dann ist der Zirkus hoffentlich bald wieder vorbei.

Papa hat mich hergefahren. Er wohnt immer noch im Hotel und hat ein wahnsinnig schlechtes Gewissen.

Vor der Tür zum Zimmer 1 liegen blaue Einmalkittel, Handschuhe und Mundschutze. Ich binde mir den Kittel um, schlüpfe in die Gummihandschuhe und ziehe mir einen Mundschutz über die Nase. Dann klopfe ich.

»Herein«, höre ich Ellas fröhliche Stimme.

Ich betrete den sonnendurchfluteten Raum, gemütlich sieht es aus. Ella hat eine Duftlampe aufgestellt und ein paar bunte Kissen mitgebracht. Jetzt, wo sie ein Einzelzimmer hat, richtet sie sich für die letzte Therapie noch mal schöner ein. Frau Dr. Kowalski hat die drei verbleibenden Zyklen auf zwei verkürzt, sodass Ellas letzten stationären Tage angebrochen sind.

Ich schließe die Tür und rufe »Hallo« in die Runde. Luise sitzt in der gleichen Montur wie ich auf der Fensterbank und reibt sich über die kurzen roten Haare.

»Ich schwitze unter dem blöden Plastik«, klagt sie und zieht mit rollenden Augen den Mundschutz vom Gesicht. »Wisst ihr was, ich bleibe einfach auf Abstand. Deinen Keim verbreite ich ja nicht weiter, wenn ich kein anderes Krankenzimmer betrete.«

Ich kichere und umarme erst Ella, dann Luise, setze mich neben sie auf die Fensterbank und befreie meinen Mund ebenfalls. »Ganz schön nervig«, merke ich an und zupfe an dem blauen Kittel.

»Ja, für euch«, lacht Ella. »Ich bin gerade ganz dankbar für meinen Krankenhauskeim, jetzt bekomme ich nämlich endlich mal ein Einzelzimmer.«

»Damit du niemanden ansteckst?«, hake ich nach.

»Genau. Nur wenn ich aus dem Zimmer will, muss ich mich verhüllen.« Sie zuckt mit den Schultern. »Aber so habe ich wenigstens keine nervigen alten Leute um mich herum.«

Luise legt ihre Gummihandschuh-Hand auf meinen Arm. »Sina, wie war denn das Beratungsgespräch gestern?«

Ich zucke mit den Schultern. »Ich denke, ganz gut. Immerhin sind meine beiden Eltern gekommen. Sie haben ein richtig schlechtes Gewissen, besonders Papa. Sie wollen jetzt wohl gemeinsam eine Paartherapie anfangen. Mal schauen, ob sie das durchziehen.«

Ella nickt und greift nach ihrer Wasserflasche. »Richtig gute Initiative von dir, Sina. Aber eigentlich nicht deine Aufgabe als ihr Kind.«

»Ich glaube, ich bin manchmal weniger Kind als meine Eltern«, entgegne ich nüchtern.

Luise seufzt. »Das denke ich auch oft. Zumindest weniger als meine Mutter. Wir treffen uns jetzt fest zweimal die Woche, das ist ganz gut.«

»Und Jakob?«, hake ich nach.

Sie wiegt den Kopf hin und her. »Die haben sich auch wiedergesehen, aber Jakob wünscht sich trotzdem gerade nicht so häufige Treffen.«

Ella lässt sich nach hinten in die Kissen fallen. Inzwischen hat sie eine andere Schiene um das rechte Bein geschnallt und kann das Knie schon ein bisschen beugen, aber sie bekommt weiterhin jeden Tag Physiotherapie.

»Geht es?«, frage ich vorsichtig.

»Ja, ein bisschen Kopfschmerzen, aber die Medikamente habe ich ganz gut vertragen. Vielleicht darf ich morgen nach Hause.«

»Verrückt, dass du dann auch durch bist, oder?«, sagt Luise mit großen Augen. »Was machst du danach?«

»Ich will eigentlich in zwei Wochen direkt wieder ins Sommersemester einsteigen.«

»Bist du sicher, dass du keine Pause brauchst?«, fragt Luise skeptisch.

»Sicher bin ich mir nicht«, entgegnet Ella und trinkt noch einen Schluck Wasser. »Aber ich will es versuchen. Ich habe zu große Angst vor Leerlauf.«

Luise verdreht die Augen. »Oh ja! Die letzten Wochen waren richtig ätzend. Aber ich habe jetzt die Bestätigung: Nächste Woche fahre ich in die Reha.«

»Hey cool!«, rufe ich. »Vielleicht sind wir zusammen da!«

»Echt?«

»Mein Antrag ist auch gestellt, nächste Woche ist mein letzter Zyklus und ich will direkt danach in die Reha. Schon allein deshalb, weil ich dann nicht bei meiner Mutter wohnen muss. Und meine Eltern haben auch ein paar Wochen Zeit, ihren Kram zu klären.«

»Das wäre ja super!«, freut sich Luise, und ein warmes Gefühl durchströmt meinen Bauch. Ich habe in den vergangenen Monaten zwei echte Freundinnen gefunden.

»Ja, Abschluss-Untersuchung, Reha, und dann mal schauen. Schule irgendwann.«

»Wie, mal schauen?«

»Ich weiß noch nicht, ob ich langfristig wieder zu Hause wohnen will. Mit Frau Fenn habe ich besprochen, dass ich mich mal über ein betreutes Wohnen für Jugendliche informieren möchte.«

Die anderen beiden schauen mich interessiert an. Wir schweigen einen Moment, dann lächeln wir plötzlich.

»Könnt ihr fassen, was uns in den letzten Monaten passiert ist? All das Schreckliche, das uns in unserem Alter noch nichts angehen sollte? Die Angst, die Schmerzen, alles«, platzt Ella dann heraus.

Luise schüttelt den Kopf. Ich nicke, ich kenne das Ganze ja schon länger als die beiden.

»Egal, was war«, fügt Luise ernst hinzu, »zusammen hatten wir doch auch viele gute Momente. Und es kann noch besser werden. Wir haben zwar keine Garantie, aber ich glaube, dass wir es geschafft haben.«

Und obwohl wir keinen Mundschutz tragen, setzen wir beide uns an Ellas Bett und umarmen uns zu dritt lange und innig.

Ich weiß nicht, was ich ohne Luise und Ella machen würde. Aber diese ganz besondere Freundschaft, da bin ich mir sicher, die habe ich ab jetzt für immer.

Kolbe, Karolin:
Und plötzlich steht dein Leben auf null
ISBN 978 3 522 506946

Covergestaltung: Frauke Schneider
Innentypografie: Kadja Gericke
Reproduktion: DIGIZWO GbR, Stuttgart
Druck und Bindung: CPI Books GmbH, Leck

MIX
Papier aus verantwortungsvollen Quellen
FSC® C083411

Dieses Werk wurde vermittelt durch die Agentur Brauer